中国民间故事丛书

阿里和他的白鸽子

祁连休 主编

河北出版传媒集团
河北教育出版社

图书在版编目（CIP）数据

阿里和他的白鸽子 / 祁连休主编. -- 石家庄：河北教育出版社，2023.2
 （中国民间故事丛书）
 ISBN 978-7-5545-7160-6

Ⅰ.①阿… Ⅱ.①祁… Ⅲ.①民间故事－作品集－中国 Ⅳ.①I277.3

中国版本图书馆CIP数据核字(2022)第149629号

阿里和他的白鸽子
ALI HE TA DE BAI GEZI

主　　编	祁连休
策划编辑	郝建东
责任编辑	马海霞　张亚楠
封面插图	李　奥
内文插图	李　逸
插图顾问	祁春英
装帧设计	李　奥　边雪彤
音频录制	朱静依　李　响
出版发行	河北出版传媒集团

　　　　　　河北教育出版社　http://www.hbep.com
　　　　　　（石家庄市联盟路705号，050061）

印　　制	河北新华第一印刷有限责任公司
开　　本	880mm×1230mm　1/32
印　　张	5.375
字　　数	92千字
版　　次	2023年2月第1版
印　　次	2023年2月第1次印刷
书　　号	ISBN 978-7-5545-7160-6
定　　价	29.00元

版权所有，翻印必究

致小读者

　　亲爱的小读者，我们的祖国是一个历史悠久，幅员辽阔，民间文化十分丰厚的多民族国家。千百年来，民间流传着许许多多优美动听的故事，它们多彩多姿，各具特色。我们奉献给大家的这套中国民间故事精选，分为《阿里和他的白鸽子》《牧人和雪鸡》《神秘的泉水》《日月潭的独木舟》四册，总共收入一百二十多篇民间故事。通过这些作品，可以窥见我国民间故事宝库的风采。

　　这些民间故事内容广泛，思想意蕴比较深刻，富有哲理性。例如，颂扬圣人孔夫子襟怀坦荡，知错能改的《孔子改错》；称赞鲁班善于启发同行，潜心发明创造的《鱼抬梁和土堆亭》；描写小伙子阿里乐于助人，敢于担当，因而获得爱情与幸福的《阿里和他的白鸽子》；褒扬团结互助，对抗邪恶，最终制服母猪龙的《雕龙记》；赞美糖枣儿人小志大，为保卫家乡奋不顾身的《糖枣儿》；等等。书中的故事都能够一次次触动读者，给读者以启迪、教益和激励。

　　这些民间故事，情节曲折有趣，形象鲜明，艺术性强。例如，讲述具有神力的雪鸡让贪婪凶恶的女人不能得逞，帮助穷苦牧人过上了好日子的《牧人和雪鸡》；揭露皇帝想害死淌来儿，派他去取太阳姑娘的金发，他沿途不断解救别人，皇帝最终受到惩罚的《淌来儿》；赞美神藤老人热心扶持孤儿那琼，使其过上幸福生活，并且惩罚了贪婪霸道的帕公爷的《神藤》；称颂鸡蛋、青蛙、锥子、剪刀、牛粪、碌碡，同情老阿奶，联合起来一起消灭妖怪的《求救的老阿奶》；等等。书中的故事无不引人入胜，给读者带来欣赏民间故事的满足感和艺术熏陶。

　　这些民间故事五彩斑斓，富有浓郁的地域风情。例如，叙写雄合尔老汉的三个聪明儿子雪夜追盗，凭着蛛丝马迹准确判断出偷牛贼的各种特征和家庭情况，受到汗王夸奖的《三个聪明的兄弟》；讲述老公公在神秘的泉水里得到许多宝物，朋友要骗走却没能得逞，国王想夺宝照样遭到惨败的《神秘的泉水》；称颂少年英雄奋不顾身保卫家乡，为了斩除九头毒蟒流尽最后一滴鲜血的《石良》；描绘五个猎人在日月潭制作独木舟，捕获白鹿，回家时受到全村社热情迎接的《日月潭的独木舟》；等等。读者在欣赏作品时，可以饱览天南地北的山川风貌，领略不同地域的民情民俗，更加热爱祖国，珍惜各民族团结。

这些民间故事，富有想象力和趣味性，在读者眼前展现出千奇百怪的动物世界：讲述弱小的墨鱼征服横行霸道的鲸鱼的《鲸鱼和墨鱼》；描写轻信狐狸的花言巧语，山羊竟落入陷阱的《轻信的山羊》；描写依靠伙伴们的全力帮助，小小绿豆雀终于战胜大象的《绿豆雀和大象》；描写辣蚂蚁让憨斑鸠丢失笛子，画眉雀得到笛子后叫声格外动听的《憨斑鸠与辣蚂蚁》；描写众好友智斗狡猾的耗子，替受欺凌的蛤蟆报仇雪恨的《蛤蟆吞鱼子》；等等。每一篇故事都活泼风趣，让读者爱不释手。

还需要指出的是，本书中的许多作品是由国内一批知名的民间故事采录家搜集的。他们是萧崇素、肖甘牛、董均伦、江源、孙剑冰、李星华、陈玮君、黎邦农、张士杰、芒·牧林、汛河、马名超、隋书今、王士媛、廖东凡、赵燕翼、陶学良、诸葛珮、邱国鹰、宋孟寅、忠录、杨世光、朱刚、李友楼、蓝天、丹陵、于乃昌等。在欣赏这些优美动听的民间故事时，应当记住他们和所有采录者的辛劳。

丛书四册配有大量插图。一幅幅精美的插图，增添了读者视觉审美的愉悦，增强了阅读民间故事的兴味。不仅如此，全书中每一则民间故事都配有朗读录音，让读者欣赏民间故事时还能获得听觉审美的乐趣。总之，为了出好这套中国民间故事丛书，河北教育出版社倾注全力，调动各种艺术手段，取得了很好的效果，令人感佩。

祁连休

2022 年 12 月

目录

尧王访贤	001
孔夫子改错	004
陶渊明授学	010
柳公权练字	014
长嫂如母	019
画扇判案	024
岳飞的系马桩	028
隐姓埋名拜僧师	032
戚继光下棋	036
康熙皇帝与《聊斋志异》	042
智斗和珅	047
林则徐"赔款"	052

鱼抬梁和土堆亭	056
秃尾巴老李	063
蛇郎	068
荞麦姑娘	078
葫芦告状	085
找姑鸟	094
木匠行雨	102
"漏"	107
鲸鱼和墨鱼	111

智慧鸟	114
九弟兄	119
聪明的鹦哥儿	130
三个聪明的兄弟	136
骑驴赴宴的老灰狼	141
纳西尔儿	146
阿里和他的白鸽子	150
圆溜溜的石头	156
三块金砖	161

尧王访贤

尧王老的时候，想把天下大事让给能干的贤人。他有九个儿子，看看没有一个能治理天下；满朝文武呢，算来算去也不中意。他决定到民间访一访，找个贤人，把江山让给他。

单说历山脚下，住着一个名叫瞽（gǔ）叟的老汉，他有个聪明、善良、勤劳的儿子，名叫舜。舜的母亲死后，瞽叟又给舜娶了个继母。舜的继母不贤，把舜当作眼中钉。一天，尧王来到这里，听人们议论舜的继母千方百计害舜，但总是害不死，他便想见见舜这个人。这时，舜正在犁地。尧王就问路去找。

尧王来到舜犁地的地方，见舜使的一头黄牛和一头黑牛屁股上都绑个簸箕，正在横着犁地，感到很奇怪。

尧王走到舜的跟前，问道："年轻人，人家犁地都是顺着犁，你咋要横着犁呢？"舜说："老人家，你不知道，我来犁地时，母亲交代叫横着犁，顺着犁便违背了母亲的话呀！"原来舜知道这样犁地又慢又费劲儿，但母亲整天想法害他，怕不照着办会惹出祸来，就只好遵从。舜心里的话虽没有说出来，但尧王听过人们的议论，知道舜的苦处。他对舜点了点头，心想：继母不贤，也只得这样。此人宽宏大度，难得呀！

尧王又问："你在牛屁股上绑个簸箕干啥呢？那不带累了牛吗？"舜说："鞭打在牛身上牛会疼的，绑个簸箕，哪个牛走得慢了，照簸箕上打一下，它就知道是打它的，便会紧走几步撵上去。为不打在牛身上，虽使它们带累一点儿，

也只有这个办法呀！"尧王听罢暗暗称赞：此人对畜生竟这样疼爱，对人便可想而知了。

尧王觉得舜这个人与众不同，心中高兴，便坐下来和舜拉呱儿开了。尧王向舜问了许多问题，舜的回答都令尧王满意。最后，又说到牛身上，尧王问："你的黄牛快呀，还是黑牛快？"舜说："我的黄牛快，黑牛疾！"舜的这个回答使尧王很失望：这个人咋不诚实，黄牛快就是黄牛快，黑牛快就是黑牛快，两头牛总不会一样快，为啥说黄牛快、黑牛疾呢？想到这里他便起身走了。

尧王走了百十步远，舜又撵上去，说："老人家！你停一下。"尧王站住，舜走到他跟前悄声说："我知道你为啥起来就走，是对我的回答不满意。现在给你实说吧，本来那头黄牛快些，黑牛稍微撵不上趟儿。可是刚才你那样问，它俩都在跟前，我说黄牛快，黑牛听见心里是啥滋味儿呢？所以我说黄牛快，黑牛疾。"尧王连连点头，心想：原来是这么回事儿呀！此人办事儿这么细心，这样讲究方法，无论办啥事儿都能办得好的。

尧王大喜，便把舜带进王宫，将自己的两个女儿——娥皇、女英许配给舜为妃，并且把江山让给了舜。

张楚北　搜集整理

孔夫子改错

两千多年前,孔夫子带领着子路、子贡、颜渊等几个门生周游列国,讲学传道。一天晌午,天气有点儿燥热,师生们来到海州(今江苏连云港市),忽听得"轰隆……哗啦!轰隆……哗啦!"孔夫子吃了一惊,忙叫:"子路!"

子路正挥着鞭子赶车呢,听到呼唤,问道:"老师,有什么吩咐?"

孔夫子说:"听啊!山那边轰隆哗啦,快点儿找个地方落脚,免得遭雨淋!"

子路听了孔夫子的话,赶紧勒住缰绳,停下马车。这时子贡忍不住"扑哧"一声笑了,对孔夫子说:"老师,山那边并没有下雨呀。"

孔夫子说:"没下雨,怎么会有雷雨之声?"

子贡道:"老师有所不知。过去,我曾到此地做过珠宝买卖,对这儿的地理情形知道一些。您看,前面那座不高不矮的小山,叫朐阳山,山那边是大海……"

孔夫子生长在山东曲阜，游历的几个国家也都在山野平原，他一直没有见过大海。眼下子贡提到"大海"二字，孔夫子觉得很新鲜，忙问："大海是什么样子呢？"

子贡说："大海呀，无风三尺浪，有风浪滔天。那'轰隆哗啦'的声音，本是惊涛拍岸，而不是……"说到这儿，子贡见孔夫子脸色有点儿发红，急忙把话头一转："老师，咱们到山上逛逛，一来观赏大海，二来避暑乘凉，不亦乐乎？"孔夫子高兴地连连点头说："好好，上去看看！"当即吩咐子路，把马车赶到朐阳山下。

师生们下了马车，子贡在前，孔夫子随后，子路、颜渊等几个门生也都跟着登山。孔夫子一鼓作气攀到山顶，向东一看，哟！只见天连水，水连天，波浪滔滔，望不到边，好大的海，好多的水呀！这时，孔夫子觉得喉咙发干，嗓子冒火，口渴得难受，喊了声："颜渊！"

颜渊也没见过大海，正惊讶地观赏着海景呢，听到孔夫子喊他，连忙问道："老师，有什么吩咐？"

孔夫子说："你到山下去，舀点儿海水来解解渴。"

"是。"颜渊解下随身携带的饮瓢，抬腿刚要下山，忽听背后有人放声大笑。孔夫子转脸一看，嘿！只见一个老渔民，左手提着渔网，右手拿着渔叉，肩后背着渔篓，腰间系着葫芦，面色黝黑，身材魁伟，精神抖擞，冲着孔夫子和颜渊直笑。

孔夫子问道:"老兄弟,你笑什么呀?"

老渔民说:"你们是外乡人吧?要知海中事,须问打鱼人,可不能冒失啊!那海水咸、腥、涩、苦,不能喝,一喝就会闹肚子。"说完,从腰间解下盛水的葫芦,说里面是玉带河的淡水,递给孔夫子解渴。

孔夫子又惭愧,又感激,捧起水葫芦喝了几口,觉得心里凉爽痛快,正要向老渔民道谢,天空中忽然电闪雷鸣,狂风暴雨陡陡地扑了过来。子路大声叫道:"糟了糟了,到哪儿躲雨呀!"老渔民说:"莫慌,跟我来!"说着,把孔夫子和他的门生领进一个山洞。这山洞面对着大海,是老渔民藏鱼落脚的地方。孔夫子觉得洞里有点儿闷热,便走到洞口,观看雨中的海景,看着看着,诗兴大发,不由得吟诵起来:

风吹海水千层浪,
雨打沙滩万点坑。

老渔民听了这两句诗,忙道:"先生,你说得不对呀!"
孔夫子问:"怎么不对呢?"
老渔民说:"'千层浪''万点坑',都不妥当。难道海浪整头整脑只有千层,沙滩不多不少正好万点?先生你数过吗?"

孔夫子改错

孔夫子有心听听高见，急忙问道："老兄弟，你看怎么改呢？"

老渔民说："最好改成这样：风吹海水层层浪，雨打沙滩点点坑。浪层层，坑点点，数也数不清，这才合乎情理。对不？"

孔夫子一听，心服口服，正想赞叹几句，不料子路在一旁火了，冲着老渔民说："哎哎，圣人作诗，你怎能乱改！"

这话太呛人了！老渔民厉声问道："谁是圣人？"

子路指着孔夫子说："远在天边，近在眼前。这就是孔夫子孔圣人！"

孔夫子喝道："子路！不可傲慢！休得无礼！"

老渔民拍着子路的肩膀说："小伙子！圣人有圣人的见识，但也不见得样样皆比别人高明。比方说，这鱼怎么打法，你们会吗？请看！"于是，他飞身奔下山去，跳上渔船，撒开渔网，挥舞渔叉，表演起打鱼的招数来。

孔夫子看着老渔民熟练的打鱼动作，想着老渔民谈海水，改诗句，议"圣人"，责子路的情形，猛然间发觉自己犯了个大错误，于是把门生招拢在一起，严肃地说："为师以前对你们讲过'生而知之'，这话错啦！大家要记住：知之为知之，不知为不知，是知也！"

说完，孔子顺口吟出小诗一首：

"登山望沧海，

茅塞豁然开，

圣贤若有错，

即改莫徘徊。"

只因这么个传说，后来朐阳山就改叫孔望山了。

姜　威　搜集整理

陶渊明授学

陶渊明退居田园后，乡邻中有个读书少年来向他求教。他先是毕恭毕敬地施了礼，然后虔诚地说："老先生，我非常敬佩您的渊博学识，不知您在少年读书学习时有什么妙法？小辈在此愿听指教。"

陶渊明一听面前的少年是来向他讨学习妙法的，觉得很幼稚、可笑，便掩面捋须哈哈大笑："天下哪有什么学习妙法，真是荒唐，荒唐。"

但他突然收住了笑声，觉得作为先辈长者，对晚辈后生的幼稚岂能一笑了之，而应当循循善诱。于是，他严肃地对少年说："学习是绝无妙法的，而只有笨法，常言道，'书山有路勤为径'，勤学则进，辍学则退呀。"

那少年听罢，似懂非懂，仍不甚了了。陶渊明便拉着少年的手，来到他亲手耕种的那块稻田旁，指着一棵尺把高的禾苗说："你蹲在那禾苗前，聚精会神地瞧一瞧，它现在是不是在长高呢？"

陶渊明授学

那少年便蹲下身子,目不转睛地瞧着,可是直到盯得眼睛酸痛了,那稻苗依然如故,不见其长。他便站起来对陶渊明说:"没见长啊。"

陶渊明反问道:"真的没见长吗?那么,春起的苗芽,又是怎样变成这尺把高的呢?"

少年摇摇头,表示莫名其妙。陶渊明便耐心地引导说:"这禾苗是每时每刻都在滋长啊!只是我们肉眼察觉不到;读书学习也是这个理,知识的增长也是一点一滴积累的,有时连自己也不易察觉,但只要持之以恒,勤学不已,就会由知之甚少变为知之甚多。所以有人说,'勤学如春起之苗,不见其增,日有所长',讲的就是这个道理。"

陶渊明说完,又指着溪边的一块大磨石问:"你再看看那块磨石,为什么会出现像马鞍一样的凹面呢?"

少年随口答道:"那是磨损的。"

"那你可曾见过,它是哪一天被磨损成这样的呢?"

那少年想了想说:"不曾见过。"

陶渊明又因势利导地说:"这是农夫们天天在它上面磨刀、磨镰、磨锄,日积月累,年复一年,磨损而成的,绝非哪一天之功啊!"

那少年心想:老先生讲这磨石,又有何意呢?陶渊明看出了少年心中所想,便接着说:"从这磨石,我们也可以悟出另一个学习道理来,这就是,'辍学如磨刀之石,不见其损,日有所亏'。学习一旦间断停止,所学知识就会在不知不觉中慢慢忘掉。"

听了这一席话,少年恍然大悟,顿开茅塞,完全明白了"勤学则进,辍学则退"的道理,便叩首拜谢:"多谢老先生指教,小辈再不敢寻求什么学习妙法了。"说完,又请陶渊明题词留念。陶渊明欣然命笔,一挥而就:

"勤学如春起之苗,不见其增,日有所长;
辍学如磨刀之石,不见其损,日有所亏。"

马志顺　整理

柳公权练字

　　柳公权小的时候字写得很糟，常常因为大字写得七扭八歪受先生和父亲的训斥。小公权很要强，他下决心一定要练好字。经过一年多的日夜苦练，他写的字大有起色，和年龄相仿的小伙伴相比，他的字已成为全村最拔尖的了。

　　从此以后，柳公权写的大字，得到了同窗称赞、老师夸奖，连严厉的父亲的脸上也露出了微笑，他很得意。

　　一天，柳公权和几个小伙伴在村旁的老桑树下摆了一张方桌，举行"书会"，约定每人写一篇大楷，互相观摩比赛。柳公权很快就写了一篇。这时，一个卖豆腐脑儿的老头儿放下担子，来到桑树下歇凉。他很有兴致地看孩子们练字。柳公权递过自己写的，说："老爷爷，你看我写得棒不棒？"老头儿接过去一看，只见写的是"会写飞凤家，敢在人前夸"。老头儿觉得这孩子太骄傲了，皱了皱眉头，沉吟了一会儿，才说："我看这字写得并不好，不值得在人前夸。这字好像我担子里的豆腐脑儿一样，软塌塌的，没筋没骨，有形无体，还值得在人前夸吗？"柳公权见老头儿把自己的字说得一塌糊涂，不服气地说："人家都说我的字写得好，你偏说不好，有本事你写几个字让我看看。"

老头儿爽朗地笑了笑，说："不敢当，不敢当，我老汉是一个粗人，写不好字。可是，人家有人用脚写的都比你写的好得多呢！不信，你到华原城里看看去吧！"

起初柳公权很生气，以为老头儿在骂他。后来想到老头儿和蔼的面容，爽朗的笑声，又不大像骂他，就决定到华原城里去看看。华原城离他家有四十多里路。第二天，他起了个五更，悄悄给家里人留了个纸条，背着馍布袋就独自往华原城去了。

柳公权一进华原城寿门，就见北街一棵大槐树下挂着个白布幌子，上写"字画汤"三个大字，字体苍劲有力，笔法雄健潇洒。树下围了许多人，他挤进人群一看，不禁惊得目瞪口呆。只见一个黑瘦的老头儿，没有双臂，赤着双脚坐在地上，左脚压住铺在地上的纸，右脚夹起一支大笔，挥洒自如地在写对联，他运笔如神，笔下的字迹龙飞凤舞，博得围观看客们阵阵喝彩。

柳公权这才知道卖豆腐脑儿的老头儿没有说假话，他惭愧极了，心想：我和字画汤老爷爷比起来，差得太远了。他"扑通"一声跪在字画汤面前，说："我愿拜您为师，我叫柳

阿里和他的白鸽子

016

公权，请收下我，愿师傅告诉我写字的秘诀……"字画汤慌忙放下脚中的笔，说道："我是个孤苦的畸形人，生来没手，干不成活儿，只得靠脚巧混生活，虽能写几个歪字，怎配为人师表？"

柳公权一再苦苦哀求，字画汤才在地上铺了一张纸，用右脚提起笔，写道：

"写尽八缸水，砚染涝池黑，
博取百家长，始得龙凤飞。"

老人对柳公权说："这就是我写字的秘诀。我自小用脚写字，风风雨雨已练了五十多个年头了。我家有个能盛八担水的大缸，我磨墨练字用尽了八缸水。我家墙外有个半亩地大的涝池，每天写完字就在池里洗砚，池水都乌黑了。可是，我的字练得还差得远呢！"

柳公权把老人的话牢牢地刻在心里，他深深地谢过字画汤，才依依不舍地回去了。

自此，柳公权发奋练字，手上磨起了厚厚的茧子，衣肘补了一层又一层。他学习颜体的清劲丰肥，也学欧体的开朗方润；学习字画汤的奔腾豪放，也学宫院体的娟秀妩媚。他经常看人家剥牛剔羊，研究骨架结构，从中得到启示。他还注意观察天上的大雁，水中的游鱼，奔跑的麋鹿，脱缰的骏马，把自然界各种优美的形态都融汇到书法艺术里去。

柳公权终于成为唐代著名的书法家。可是，柳公权一直到老，对自己的字还很不满意。他晚年隐居在华原城南的鹳鹊谷（现称柳沟），专门研习书法，勤奋练字，一直到他八十八岁去世为止。

罗天佑　搜集整理

长嫂如母

那还是宋朝,庐州府出了个清官包拯。这年,包拯巡按到赤桑镇,遇到一桩"咬手"的事情:一位白发苍苍的老大娘,哭奔衙门,状告包拯的侄儿包勉打死她儿子,摔死她孙子,强抢她儿媳妇致死,人命三条。包拯准了状,发签拿人,一连数天,缉拿不到凶犯。包拯为这事儿急得头皮都抓破了,吃不香,睡不安。

原来,包拯是老罕[1]儿子,母亲生他时已上了年纪,年老体衰,加上产后受了风寒,一病不起,在包拯未满月时就去世了。嫂嫂可怜这个未满月就失去母亲的小叔子,就把包拯抱回自己房里,放在比他小月份的儿子包勉的摇篮里抚养。嫂嫂心地善良,为人朴实,喂奶时先尽着小叔子吃,剩多剩少才是自己儿子的。一人奶,两人吃,自然不够。常言说:"奶不够,粥来凑。"包勉可是吃米粥长大的。

如今,包勉知道外面告了他,包拯准了状,老叔铁面无

---

[1] 老罕:指最小的儿女。

私，他害怕，就躲到老婶李夫人身旁，祈求老婶给他讲情。李夫人答应了，可她知道包拯秉性刚直，怕包拯一时不会容情，就试探着对包拯说："相公，嫂子就只有包勉这点儿骨血，念嫂子抚养之恩，赦了包勉吧。让他改邪归正，服侍嫂嫂晚年。"

"啊！"包拯一惊，明白事故点儿出在家里，便说，"这……这……这事儿，往后再说吧。"

李夫人以为包拯动情了，为包勉担忧而绷紧的心弦，也松了点儿。

当天下午，包拯带着李夫人登衙升堂，让王朝、马汉把白发大娘请上堂。包拯说："老人家，你叫什么名字，有什么冤屈，说出来，我与你做主。"

白发大娘忍着悲痛，说："我叫萧刘氏，赤桑镇人。包勉为霸占我儿媳妇，杀害了我一家三口，请大人为我做主申冤。"

"萧刘氏，你可看清了，别是坏人冒充包勉的。"

"大人啊！贼子行凶时，我在场。我亲耳听他说：'我是包大人的侄儿，状子是告不透的。'他杀死我儿时，我亲眼看到他左手心中有条又粗又长的疤痕。连我那哭着要娘的两岁小孙孙，他也不放过，伸出带疤痕的左手夺走小孙孙手中的拨浪鼓，又伸出右手去抓小孙孙，摔死在地上。儿媳妇被抢走，抵死不从，也被杀死。惨哪，大人哪！"

李夫人听了,气得脸儿发青;包拯听了,心似刀绞。可是,他故意说:"萧刘氏,包勉是我的侄儿,你就原谅他,我给你三百两俸银,让你安排晚年生活。"

这句话好似一声霹雳,萧刘氏听了一怔,眼里泪水没有了,圆睁着眼,怒道:"我不要你的臭钱,你也甭为孤老婆子的苦命操心。常言说'屈死不告状',原来你包大人也是'官官相卫亲为亲',枉有清官的好名声!"

包拯并不动气,转脸对李夫人说:"娘子,你看这事儿如何处理?"

李夫人咬着牙,说:"相公,你照国法发落吧!包勉藏在我后花园。"

"乓"的一声,包拯一拍惊堂木,叫道:"带凶犯!"

声音一落,包勉就给带上了大堂。咋会恁快呢?原来,包拯把李夫人带上衙,就命令张龙、赵虎搜查自己的家,没有李夫人的阻拦,包勉自然被捉拿归案。包拯计策用得好哇!李夫人想通了,自然交出凶犯;李夫人想不通,也照捉凶犯。

包勉一带上堂,萧刘氏就叫道:"正是这个贼子,大人与我做主,替小人儿子、媳妇报仇。"

包勉晓得事情不好,哭着向李夫人说:"老婶,你答应替侄儿讨情的。老婶,你快向老叔说说吧!"

李夫人掩着脸,哭着说:"包勉,你的罪孽太重了,老婶救不了你呀!你不要怨怪老婶,老婶给你备了纸钱。"

包勉贼人也有贼智,看看求李夫人不行,就伸出有疤痕的手,只是摇晃,想打动包拯。包拯一看,胡子直抖,却毅然画下"斩"字,说:"包勉,你妈留给你的是只'无私'的手,你怎么用这手做歹事呢!国法无情,只有斩了你,才能对得起一世无私的嫂嫂。"

说罢,包拯扔了笔,吩咐行刑。

张龙、赵虎把包勉推出大堂。

包拯对萧刘氏说："萧刘氏，斩了包勉，替你那惨死的儿子、媳妇申了冤，只是人死不得复生，本官念你孤苦无依，生活无着，仍将这三百两俸银拿去安排晚年吧！"

"谢包大人！"

一会儿，斩了包勉，张龙、赵虎呈上一颗血头，包拯一见，一改他往日那种刚硬的样子，放声大哭，泪水如断线的珠子。还在饮泣的李夫人止住了悲戚，说："相公，包勉已正法了，你还哭什么呢？"

包拯说："包勉被正法，他是罪有应得。我哭，是对不起嫂子啊！嫂子不仅用乳汁把我喂大，而且也给了我一颗无私的心。我光知道报嫂子的恩，对侄儿一味宠爱，没有教育好侄子，以致他作奸犯科，落入法网。我对不起嫂嫂啊！"

说着，包拯又哭，越哭，越伤心。李夫人只得劝说："相公，你要以身体为重。嫂嫂深明大义，她也不会怨怪你的。我们还是多想想嫂嫂的晚年吧，一个人够清苦的。"

包拯停住了哭泣，说："啊！这你就把心放到肚里吧。我早考虑好了。嫂嫂，我来供养。'长——嫂——如——母'，'敬——嫂——似——母'。往后，你也得记住。"

自那，"长嫂如母"的话头就流传下来了。

黎邦农　搜集整理

画扇判案

苏东坡要到杭州来做刺史了。这个消息一传出，刺史衙门前面每天都挤满了人。老百姓想看一看苏东坡上任的红纸告示，听一听苏东坡升堂的三声号炮……可是，大家伸着脖子盼了好多天，还是没有盼到。

这天，忽然有两个人，又打又闹地扭到衙门来，把那堂鼓擂得震天响，呼喊着要告状。衙役出来吆喝道："新老爷还没上任哩，要打官司过两天再来吧！"那两个人正在火头上，也不管衙役拦阻，硬要闯到衙门里去。这辰光，衙门照壁那边转出一头小毛驴来。毛驴上是一个大汉，头戴方巾，身穿道袍，紫铜色的面孔上长着一脸络腮胡子。他嘴里说："让条路，让条路！我来迟啦，我来迟啦！"小毛驴穿过人群，一直往衙门里走。衙役赶上去，想揪住毛驴尾巴，但已经来不及，那人就一直闯到大堂上去了。

大汉把毛驴拴在廊柱上，信步跨上大堂，在正中的虎座上坐下来。管衙门的二爷见他这副模样，还当是个疯子，就跑过去喊道："喂！这是虎座呀，随便坐上去是要杀头的哩！"

大汉只顾哈哈笑："哦，有这样厉害呀！"

管衙门的二爷说："当然厉害，虎座要带金印子的人才能坐哩。"

"这东西我也有一个。"大汉从袋里摸出一颗亮闪闪的金印子，往案桌上一搁。管衙门的二爷见了，吓得舌头吐出三寸长，半天缩不进去。原来他就是新上任的刺史苏东坡啊！

苏东坡没来得及贴告示，也没来得及放号炮，一进衙门便坐堂，叫衙役放那两个要告状的人进来。他一拍惊堂木，问道："你们两个叫什么名字？谁是原告？"

两个人跪在堂下磕头。一个说："我是原告，叫李小乙。"另一个说："我叫洪阿毛。"

苏东坡问："李小乙，你告洪阿毛什么状？"

李小乙回答说："我帮工打杂积下十两银子，早两个月借给洪阿毛做本钱。我和他原是要好的邻居，讲明不收利息；但我什么时候要用，他就什么时候还我。如今，我相中了一房媳妇，急等银子娶亲，他非但不还我银子，还打我哩！"

苏东坡转过头来问洪阿毛："你为啥欠债不还，还要打人？"

洪阿毛急忙磕头分辩："大老爷呀，我是赶时令做小本生意的，借他那十两银子，早在立夏前就贩成扇子了。没承

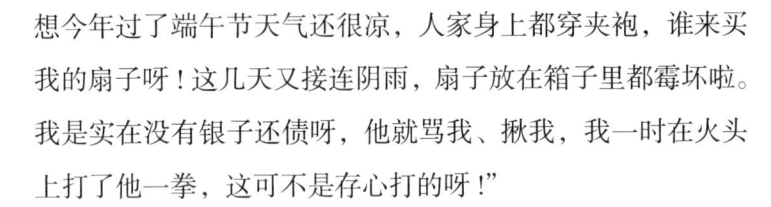

想今年过了端午节天气还很凉，人家身上都穿夹袍，谁来买我的扇子呀！这几天又接连阴雨，扇子放在箱子里都霉坏啦。我是实在没有银子还债呀，他就骂我、揪我，我一时在火头上打了他一拳，这可不是存心打的呀！"

苏东坡在堂上皱皱眉头，说："李小乙娶亲的事情要紧，洪阿毛应该马上还他十两银子。"

洪阿毛一听，在堂下叫起苦来："大老爷呀，我可是实在没有银子还债呀！"

苏东坡在堂上捋捋胡须，说："洪阿毛做生意蚀了本，也实在很为难。李小乙娶亲的银子还得另想办法。"

李小乙一听，在堂下喊起屈来："大老爷呀，我辛辛苦苦积下这十两银子可不容易呀！"

苏东坡笑了笑，说："你们不用着急，现在洪阿毛马上回家去拿二十把发霉的折扇给我，这场官司就算是两清了。"

洪阿毛高兴极了，急忙爬起身，一溜烟奔回家去，拿来二十把白折扇交给苏东坡。苏东坡将折扇一把一把打开，摊在案桌上，磨浓墨，蘸饱笔，挑那霉印子大块的，画成假山盆景；拣那霉印子小点儿的，画成松竹梅岁寒三友，一歇歇辰光，二十把折扇全画好了。他拿十把折扇给李小乙，对他说："你娶亲的十两银子就在这十把折扇上了。你把它拿到衙门口去，喊'苏东坡画的画，一两银子买一把'，马上就能卖掉。"他又拿十把折扇给洪阿毛，对他说："你也拿它到衙门口去卖，卖得十两银子当本钱，去另做生意。"

两个人接过扇子，心里似信非信；谁知他们刚刚跑到衙门口，只喊了两声，二十把折扇就一抢而光了。于是，李小乙和洪阿毛每人捧着十两白花花的银子，欢天喜地地各自回家去了。

徐　飞　搜集整理

岳飞的系马桩

在宋代，金兵一再侵犯中原，到处烧杀掳掠，使百姓不能安居乐业；朝廷也迁都江南，朝不保夕。南宋初，岳飞驻军鄂州（今武昌），在嘉鱼操练兵马，准备渡江北征，雪国耻，复失地。百姓们闻讯纷纷赶来投军，不久，就发展了千军万马，壮大了有名的岳家军。

秦桧把岳家军当作心腹大患，他胆战心惊，坐卧不安。他不给岳家军粮草，不发给岳家军饷银，想把岳家军逼上绝路，使岳家军散摊。

岳家军驻在洗马湖边静宝嘴一带，适逢黄梅天气，阴雨连绵，帐篷里非常潮湿；做饭没有干柴，将士们吃住都很困难。有的人提出，改到村镇里去驻扎，以便渡过难关。岳飞不同意，说："饿死不掳掠，冻死不拆屋。还是继续驻扎在荒山上，加紧练兵。"

岳家军纪律严明，非常爱护百姓。投军的人越来越多。锅灶不够用了，干柴也烧完了，难关越来越大，往后该怎么办呢?

这天半夜三更,岳飞点着蜡烛,正在读书。突然,一阵清风,吹开了帐幔,随着进来一位白发老人。他把一口大锅、三块劈柴放在中军帐内,对岳飞说:"请元帅收下,这些东西可以帮助岳家军渡过难关。"岳飞刚要起身向老人道谢,那老人微微一笑,就不见了。第二天,岳飞便让人在静宝嘴山头上支起了那口锅,点燃了那三块柴。

大雨像瓢泼,地下流成河,那三块劈柴却越烧越旺,常燃不熄。

那口锅看起来很平常,用起来却很奇怪:往里面添水加米,只能占它半边,这半边添熟饭,那半边下生米,人们可以边煮边吃,昼夜不停,总吃不完。

可是,锅灶再好,到底难为无米之炊。因为秦桧还在从中搞鬼,岳家军的粮草越来越少。常言道:"兵马未动,粮草先行。"人吃不饱马挨饿,怎么能操练兵马,抗金兵打仗啊?

四方的百姓们心疼岳家军,都暗地里吃糠咽菜,省下一些粮食,扛的扛,挑的挑,翻山越岭,送到军营里来。

岳飞知道,兵荒马乱,年成不好,百姓们的生活难过,见他们送来节省下的粮食,非常感动,忙谢绝说:"把粮食匀给了我们,你们怎样生活?这粮食我们不能要哇!"

这边一定不要,那边一定要给,推来让去,实在无法下地,有位老汉说了实话:"以后我们都吃'泡谷米',泡谷米特别发饭,请收下百姓们的心意吧!"

岳飞立刻按照老人说的法子,把谷子放在开水锅里撮一撮,捞起来,晒干,碾成米,再下锅做饭,果然出的饭特别多,还特别好吃。于是岳飞让全军都吃起"泡谷米"来。同时他又对百姓们说:"有了'泡谷米'做饭,我们的军粮就够吃了。"他一再道谢,请他们把送来的粮食都带了回去。为了纪念岳飞和节约粮食,至今嘉鱼县还有一百零八个村庄

保持着吃"泡谷米"的习惯。

尽管奸臣百般刁难,暗中破坏,岳家军还是迅速发展,兵强马壮,成了一支劲旅,终于北上抗金了。出征的那天,人们扶老携幼,眼含热泪前来送行,预祝岳家军旗开得胜,光复大好河山。

随后,人们又拥到岳家军驻地,想找点儿遗留的东西作个纪念。可是,军营里一干二净,百姓们都为岳家军的廉洁奉公十分感动。这时候,有人看到了岳飞用过的一根系马桩,就赶紧拔了起来,恭恭敬敬地把它倒插在静宝嘴山头上,使远近的人们早晚都能看到它。

谁也没想到,那倒插的系马桩,竟然扎下根,发了芽,迎风见长,几天工夫就成了几个人合抱不拢的参天大树。它的枝丫向周围伸开,把整个山头都覆盖住了,翠绿的叶子密密麻麻,风不透,雨不漏。在附近种田的,过路的,热天都到树底下歇荫乘凉;刮风下雨就到树底下躲避,打不湿,冻不着。而且来的人越多,它长得就越大,总会把所有的人遮掩住;遇到发大水的日子,人们就爬到树上去安身,随你多少人它都承得起。

这棵参天大树一直活了近千年,至今还健在的一些老人,年轻的时候都到树底下歇过凉、躲过雨哩。

谢忠告　搜集整理

隐姓埋名拜僧师

俗话说：百人百性生百病。李时珍也遇到了一个难症。这年夏天，一个中年男子带着一个病孩子远道来求医。李时珍一望病孩子，只见通身肤色发红；他问了一下病情，闭目沉思了一会儿，叹了口气，对那个中年人说："这孩子的病由热症引起，已到了难以起死回生的地步。就算今年治好了，明年热天必定再发，那时我就无能为力了。"

那个中年男子的妻子早死，只剩这一根独苗。李时珍的话对他来说真是一个晴天霹雳！他带着儿子往回走，边走边哭，走着走着，经过一座山边时，迎面来了一个老和尚。老和尚看到他伤心痛哭，问明原因，对他说："你把这孩子送到庙里去，明年热天一过，你再来领孩子回去就是了。"那中年男子想不到半路上遇了个救星，千恩万谢，把孩子送到了庙里。

到了第二年夏天，老和尚在寺庙阴凉地方挖了一口小塘，灌了一塘山泉水，再在塘中间放一张竹床，让那孩子在竹床上坐着吃，吃了玩儿，玩儿了睡，就是不让他到外面来。外面是酷暑，孩子在下面过的仍是二、四、八月天气，热症病也就没发。再加上老和尚的几副草药，热症病竟绝根了。这年夏天过后，那中年男子来领儿子时，见儿子还是那样欢蹦乱跳逗人爱，心里比喝了三罐子蜜水还甜。

那中年男子谢过老和尚，领着儿子往家走，路上碰到了李时珍。李时珍大吃一惊：又过了一个热天，这孩子怎么还平安无事呢？当他从中年男子的口中晓得庙里有一个医术高明的老和尚时，心里一亮：这老和尚用的什么药物，把这孩子的病治好了，我何不去拜老和尚为师呢？可是一打听，这老和尚性情孤僻，从不带徒弟。一连几天，李时珍吃饭不香，睡觉不安。后来，他终于想出了个办法。

李时珍装扮成一个穷书生，来到庙里，找到了那个老和尚。寒暄问安之后，他开口向老和尚借一间僻静的小房攻读诗文。老和尚自己有学问，也爱那些刻苦做学问的人，就满口应承。住了半个月，老和尚见李时珍衣着寒酸，生活贫苦，就叫他誊写一些经文和医案，每回都打发他一点儿钱财。过了两三个月，李时珍又向老和尚提出学医的事，老和尚见他待人谦逊，做事认真，就破例答应了李时珍的请求。

一晃就是一年。有一天，老和尚出远门未归，正巧有个筲箕（shāo jī）臌的病人前来求医。李时珍见病人生命垂危，心生怜悯，就提笔开了个药方，说是先救急，过些时候再来找他的师傅。这个药方开得怪，一味主药竟是"生砒三钱"。

这病人拿着药方往回走，半路上正碰着老和尚归来，他连忙把求医问病的事对老和尚说了一遍，并把李时珍开的药方递给老和尚看。这老和尚看到"生砒三钱"时，惊得倒退三步，连忙找了两块石头当凳子，在路旁树荫下仔细地看起病来，看完病后，他的脸上渐渐出现了笑容，最后还在"生砒三钱"的后面添了个"一"字，变成"生砒三钱一"，交

给了病人。

老和尚回到庙里后，左思右想，总觉得他这个徒弟不是一般人，像这样的虫症能开出"生砒三钱"的药方来，除自己而外，只有蕲州来湖口的李时珍。他越看越觉得这徒弟像李时珍，越看越觉得这徒弟就是李时珍。一天，他故意站在徒弟身后，冷不防地喊了一声："李时珍！"

李时珍听到师傅叫自己的真实姓名，晓得再瞒也瞒不住了，双腿一跪，叫了声："师傅，徒弟得罪了！"

老和尚一见果真是李时珍，又喜又惊，赶紧上前扶起他。

老和尚问："你医术精湛，已负盛名，为何还要求师于我？"

李时珍答："时珍为深究本草，愿以天下能者为师。多日来蒙师傅指教了。"

老和尚又问："那你为何要隐姓埋名，装扮成一个穷书生？"

李时珍答："唯恐尊师推辞，才不得已欺瞒了师傅。"

一问一答，加上李时珍平时的一举一动，老和尚被他的诚心感动了。从此，他把自己医学上的本事都一五一十地传给了李时珍。

郑伯成　搜集整理

戚继光下棋

早年间蓬莱叫登州府，也称登州卫。那里有举世闻名的蓬莱仙阁和蓬莱水城。海湾里常常一平如镜，外面横着一列长山八岛。那时登州府是紧要的海防重地。戚继光的爷爷是登州卫的指挥，戚继光的爹世袭了这个职务，到戚继光的名下，已是三辈子的指挥。海边有句俗话：能到南山当驴，不到北海打鱼。从前打鱼都用帆船，潮簸浪颠的，那苦就不用说啦。不过那工夫最大的祸患还是倭寇这股祸水，他们成百上千地漂洋过海，杀人放火，又掳又抢，沿海的许多人家叫他们祸害得家破人亡，有的实在没法，只好拖儿带女出外逃荒。戚继光生在登州府，长在登州府，把这一切都看在了眼里，记在了心上。真个：有志不在年高。从他当了指挥以后，别看年纪轻轻的，却极善用兵，打起仗来，更是有勇有谋，真是小小的篙竿撑大船。在他带领下，接连打了许多胜仗。后来倭寇一听到戚继光的名字就吓得发抖，再也不敢在北方沿海一带上岸了。

这一来，老百姓安居乐业啦，高兴得不得了，都称颂戚继光救黎民出水火。千人说，万人讲，戚继光的名字飞快地传遍了四方，连朝廷也知道啦。

有一年，戚继光奉命到南方去打倭寇，他带领着人马，月赶流星地急急走了不止一日。路上军纪严明，不动民间的一草一木。老百姓踮起脚盼望戚继光早日到来。这一天，兵马到了一个村庄，戚继光叫扎下营寨，歇息一天。每到一个地方，戚继光总是亲自巡视，瞭望地形，查岗布哨。说也凑巧，经过一条街时，正碰上两个老汉在街门外面下棋，门楼上头还端端正正地挂着一块匾，上面大明大摆地写着"天下无敌手"五个字。他心里话："好大的口气！不知是怎样的高手，敢夸这般海口！"想着，又朝两个老汉打量了一下，只见东面坐着的那个黑脸皮、黑胡子，西面的那个白胡子飘飘的，脸面也白净净的，都是粗布粗衣，庄户人的穿戴。戚继光来了，他俩像根本没看到似的。戚继光这一阵儿又想："也许真是棋高，没有海量，怎么敢讲海话！"这样一寻思，戚继光禁不住凑了上去，一声不响地看起来。

这戚继光可是个文武全才的人，不光会行军布阵，棋下得也极好。越看，他越觉得老汉的棋下得很是平常，心想：凭这样的棋艺，还大言不惭地挂这号匾，为这一桩也该把他杀败才是。

直看着两个老汉棋罢，戚继光才施礼问道："不知哪位是这家主的老大爷？"

两个老汉连忙还礼，白胡子老汉说道："这是我的家，早听说将军要来，特在门前摆下棋盘，可是邻村的棋友先到了一步，让将军等了一大阵子。"

戚继光说："既然老大爷摆上了棋盘，咱俩就杀上一盘吧。"

老汉连忙高兴地应道："好哇！好哇！"

于是，两个人摆开棋子，杀了起来。

戚继光不敢大意，开局布阵，使出自己多年的功夫来。可是走了没有几步，老汉就显得招架不住了，几个回合就输了一盘。

下棋的输了棋哪有不着急的，戚继光瞅瞅，怪呀，老汉眉头都没皱皱，好像输了棋反倒高兴。他心想，非再赢他一盘不可，看他还能不能心平气和？

老汉也不推辞，又和戚继光下了起来。

一会儿下完了，戚继光又赢啦。看看老汉脸上笑模模的，已经在等着跟他下第三盘棋了。戚继光一琢磨：老汉既然夸下海口，能不想着赢棋吗？可是现在连输两盘还声色不动，不知他心里是怎么打算的？

第三盘还是戚继光赢了。

老汉乐滋滋地说道："将军，我认输。"

戚继光说："认输怎么办？"

老汉说："我情愿把门楼上的匾摘下来。千不盼，万不盼，只盼着将军兵马兴腾，到了那里旗开得胜。"

这事儿，一传十，十传百，戚继光的部下都听说了指挥连赢三盘，杀败了"天下无敌手"，匾也摘下来了。人逢喜事精神爽，个个高兴得不得了，都像是增添了半截子精神。

第二天，戚继光带领人马，追风般上路走了。俗语说：将红红一片，兵精精一个。戚继光又打了一连串的胜仗，把倭寇都给收拾净了。过了不久，队伍又从原路回北方来，打了胜仗的兵马，人欢马叫的，那个踊跃劲儿就不用说啦。走着，走着，看看又来到了戚继光和老汉下棋的那个村庄，只见老汉已经等在了路旁，戚继光才要招呼，老汉就忙迎上去，拱手说道："请将军下马，再杀三盘。"

戚继光愣了愣，在马上欠起身，答礼说："老大爷，咱先前不是下过三盘，有了输赢吗？"

老汉笑了笑，说："先前是先前，如今是如今，今天我想跟将军重新比个高低输赢！"

戚继光奇怪地问："先前和如今有什么不同？"

老汉一本正经地说："下完了棋那阵儿将军自然就会明白。不过，这回的棋不能白下，咱俩得有言在先，要是我输了，从今以后，我就四海为家，出门学棋；要是将军输了，那得把匾给我重新挂上。"

老汉把话说得这样结实，戚继光怎能不答应呢？答应了便动手下了起来。这下棋如同行军作战，两个人就在道边摆开了战场。一阵儿工夫，四外鸦雀无声，只听到棋子敲得棋盘"叭、叭"地响，都说棋逢对手，将遇良才。按说戚继光棋艺是不错的，可是老汉这次也拿出了真本领，大刀阔斧，猛冲猛杀，直把戚继光杀得落花流水，末了只剩下了一个光杆儿老将。不用说这一盘戚继光输了。第二盘，老汉不慌不忙步步为营，稳扎稳打，戚继光尽管沉得住气，还是输了。第三盘双方旗鼓相当，争斗了好久，但还是老汉赢了。戚继光很是惊奇，老汉问道："将军，有什么话要说吗？"

戚继光说道："我诚心认输。可是有一桩我不明白，你的棋下得这么好，为什么先前我赢得那么容易，你怎么会稀里糊涂地输给了我？"

老汉正等着戚继光这句问话哩，立刻语重心长地说："上次你为国为民，远乡千里带兵去打倭寇，为了不挫士气，我只能增将军的光彩，有意输给了你。如今你得胜回来，我赢将军的棋，不光为了给我挂匾，更盼望将军胜不骄，败不馁，让兵马永远保持旺盛的士气，使沿海百姓不再受倭寇祸害。"

戚继光连连点头，说："老大爷的指教比泰山还重，我一定好好记在心上。"

当下戚继光便吩咐人做了一块大匾，亲笔写上了"天下无敌手"五个金字，给老汉高高地悬挂在门楼上面。匾上的落款自然不再是旁人，而是戚继光本人了。

董均伦　江　源　搜集整理

康熙皇帝与《聊斋志异》

传说蒲松龄的《聊斋志异》原名叫《鬼狐传》。《聊斋志异》的书名是康熙皇帝替蒲松龄改的。这里有一段故事。

清朝康熙年间，满腹才学的蒲松龄进京应试，三场考罢，他非常满意，心想自己的文章定能金榜题名。谁知皇榜贴出，有的不学无术的人反而考中了，自己却名落孙山。他愤愤不平，回到了山东淄博老家。到家后他决心埋头著书，揭露社会的黑暗，但直来直去地写又不行，怎么办呢？他发现民间流传的许多鬼怪故事，疾恶扬善，寓意深刻，能发人深思，就决定搜集这类故事，借以抒发心头的愤慨。于是，他在村头开了一家茶馆，凡能讲鬼怪故事者，喝茶留宿均不收钱。消息传开，很多人都到他的茶馆来讲故事。就这样，蒲松龄夜以继日，发愤三年，写成了一部故事书，取名叫《鬼狐传》。蒲松龄在京做官的老同学祝枝柳返乡省亲，把这部书带到京城去拜读。

祝枝柳回到京城，竟被蒲松龄的文笔和书中的故事迷住了。他随身携带，稍有空暇，便展卷细读。一日早朝，五鼓未到，群臣们都在殿下班房内等候。祝枝柳又捧着《鬼狐传》在聚精会神地阅读。这天，康熙皇帝也起得很早，上殿之前，来到各班房里闲转，突然发现祝枝柳在专心攻读，便轻步走了过去，站在他的背后，探身观看。文武大臣见圣上驾到，个个躬身施礼，而祝枝柳却全然不知。有人想提醒他，又担心会惹下慢君之罪，康熙皇帝却用手示意，不让别人打扰他。后来，有人偷偷拉了一下祝枝柳的衣袖，他转脸一看，康熙皇帝正站在他身后。祝枝柳十分惊慌，纳头便拜道："不知圣上驾到，望我主恕罪！"康熙皇帝笑着说："你把瞬间光阴当寸金来用，我很钦佩。无罪，无罪！"说着伸手把书要了过来。这时，金钟三响，五鼓已到，康熙说："借给我看看，读罢再还你。"转身登殿去了。

不几日，康熙皇帝诏祝枝柳进宫，询问《鬼狐传》的作者，祝枝柳禀告是他同乡同学蒲松龄所写。康熙皇帝说："此人很有才华，何不进京应试？"祝枝柳答道："未中。"康熙皇帝立即写诏书一道，交给祝枝柳说："宣进朝来，量才录用！"祝枝柳很高兴，谢恩捧诏，日夜兼程，来到淄博。谁知蒲松龄却执意不肯进京，祝枝柳没办法，只好回京复旨。蒲松龄违抗圣旨，使祝枝柳异常担心，生怕惹下祸端。不料康熙皇帝不仅不生气，还要亲自去淄博面会蒲松龄。康熙皇帝驾临

阿里和他的白鸽子

蒲舍，让蒲松龄进京为国出力，蒲松龄又婉言谢绝。康熙皇帝暗自叹道："是我任用选材之人不当，以致玉柱不架金梁，此乃我的过错！"他正要起驾回朝，又想起蒲松龄的《鬼狐传》来，便环视了一下谈话的房舍，对蒲松龄说："此屋是你会友聊天的书斋，你那部书想是在这里写成的，我想给它改名为《聊斋志异》，如何？"蒲松龄思索一下，表示同意。康熙皇帝便亲笔题了书名。

康熙皇帝回朝，马上把前一科主持考试的六名官员传到殿下，命取蒲松龄的应试文章观看。看罢，他问道："此人为何不取？"六个人面面相觑，浑身打战，不敢回答。康熙皇帝又说："如实讲来，从轻治罪。"这时，一个叫张万生的急忙跪下奏道："蒲松龄的文章篇篇俱佳，本应点中；因我等嫉才，故意不予录取，有负圣恩，罪该万死！"康熙皇帝一听大怒："我宠任你们，期望为国选拔良材，不意你们心怀鬼胎，嫉贤妒能，真乃狗彘不如！还有何面目立于朝纲？"随后命刑部将张万生从轻治罪，其余五人斩首示众。此事传开，人人称颂。

        李明聚　搜集　张楚北　整理

智斗和珅

刘墉与和珅都是乾隆的近臣。和珅生来奸诈，嫉贤妒能。刘墉机智刚正不畏权贵。两人针锋相对，时常发生口角。在万岁面前，不是你奏我一本，就是我奏你一本，谁也不让谁。

乾隆明知刘墉是对的，但又因和珅是满人，不好秉公处断，总想从中调和。一天，他把和珅、刘墉叫到一起，说道："二位爱卿，你们为国事经常发生口角，孤担心伤了和气，于朝廷不利。我看这样，刘墉本是太师，你父又是三朝元老，从今往后和珅爱卿也认刘墉为师，你们以师徒相称。如果你上殿参刘墉，就是以小犯上，刘墉参你，等于师傅管教不严……"和珅听了不服，但在万岁跟前又无法分辩，从此更加嫉妒刘墉。

热河建八大处，乾隆下圣旨要刘墉与和珅去监督建处情况，这下和珅得意了。他想，在朝与刘墉发生争执，不能奏圣上，这回在热河，万岁可管不着了，我非得好好整治他一下不可，叫他知道我的厉害。和珅想了一夜，终于想出了一条妙计。

到热河后，和珅每天都拉着刘墉去吃馆子，名义上是他请客，到付款的时候，他就悄悄地告诉人家记刘墉的账。他想用这个办法，先堵住刘墉的嘴，同时又可使刘墉在热河城里名誉扫地。到那时，建八大处的钱还不是任凭自己挥霍。和珅这点儿鬼花招儿哪能躲过刘墉的眼睛，他要来个将计就计。所以只要和珅请，他就去吃。

这天，刘墉与和珅从小布达拉宫回山庄，到小南门时，刘墉说："承蒙你多次请我吃喝，我真是于心不安，今日我请你小吃一顿，不知愿否？"和珅一听，心想，刘墉果然上我的圈套了，不禁喜笑颜开："老师请我吃饭，深感荣幸。"于是二人向前走去。过了一个大饭店又一个大饭店，可刘墉就是不进去。到了二仙居一带，有一家饭店，十分破烂，刘墉却请和珅进了店。到里边一看，除一张吃饭的桌子外，什么都没有，店主人也挺邋遢。刘墉见店主人上来迎接，便问道："店家有何饭菜？"

"大人，小店只有烧饼、小豆腐。"

"好。多给我来点儿烧饼和小豆腐。多年不吃这玩意儿了，今天换换口味。"

不一会儿，店主端上烧饼、豆腐，和珅吃惯了山珍海味，哪里吃得下这个，心里琢磨着不知刘墉搞的什么把戏。他呆呆地坐在桌旁，一口未动。刘墉也不管他，坐下就吃，一边吃一边和店主闲聊："店家，咱热河建八大处，听说京都来了两个大官。"

"是这样。一个叫和珅，一个叫刘墉。"店主答道。

"听说建八大处的钱被刘墉花掉不少？"刘墉问。

"可不能这么说。"店主急忙辩解，"人家刘墉刘大人为官清正，百姓没有一个不说好的。可和珅那东西坏透了，吃饭不给钱不说，还给人家刘墉抹黑，欺负百姓的事他干得就更多了，建八大处的钱他可花了不少……"

店主这么一说，和珅可受不了啦，心里那个骂呀：老匹夫，你看我不把你碎尸万段。他再也坐不住了，对刘墉说："你先吃着，我出去一趟。"说完走出小店。

等和珅出去后，刘墉问店主："你知道刚才走的是谁吗？"

"不知道。"

"他就是和珅。"

店主听了，脸"唰"地一下子白了，跪在刘墉面前："这位大人，你快救救我吧，这事儿可怎么好？"

"店家不要害怕，和珅一会儿必然来抓你。来，你换上我的衣服，坐到这儿吃烧饼，把你的衣服脱下给我。"

刘墉换上店主的破烂衣服，手拿烧饼铲子守在炉前……

和珅回府后，估摸刘墉已吃完，就命两个差人去把店主带到府上来。这两个差役进了小店，见店中有一人正在吃烧饼，烧饼炉前有一老头儿，身穿破衣，手持烧饼铲正在忙活。不由分说，他俩捆上老头儿就押向和珅府。和珅一看绑来的是刘墉，一时傻眼了："刘大人，恕门生有眼无珠，得罪你了。"

刘墉大喝道："和珅，你真大胆，光天化日之下竟敢如此对待老夫，就甭说对黎民百姓如何了。走，到京城面君去。"说罢，一甩袖子走出和府。

刘墉与和珅一同进京，官司如何，大家就可想而知了。

于　广　睢振威　整理

林则徐"赔款"

林则徐林大人烧了英国的鸦片，英国人不甘心，硬逼林大人赔款。林大人怎肯把中国的银子白白送给外国人？再说，一赔款，好像我们理输了，往后他们还要运鸦片到中国来哩。不赔，一万个不赔。

英国人动嘴，林大人把他们驳得哑口无言；他们开兵舰来动武，林大人就开炮打。英国人毫无办法，就到北京城里找清朝皇帝。皇帝是个软骨头，一见英国人就吓昏了，只要不让他离开金銮殿，他什么事儿都干得出来。听说要赔钱，他就连连答应：照办，照办！

当下，皇帝就给林大人下了命令：赶紧赔款，烧一箱鸦片赔两箱银子。皇帝来了命令，林大人一想，硬顶是不行了，要想个主意治治英国人。

林大人下了乡，找了许多种田人，要大家赶紧捉胡蜂，要活的，越多越好，捉了治英国人。听说要办英国人，大家

林则徐「赔款」

哪个不来劲儿？连小把戏都去捉。

三天之后，林大人收齐了几万箱胡蜂，箱里放些石头，抬起来重实实的，好像装的是银子。装好了，加上了封条，叫英国人来收银子。英国人一见几万箱"银子"，嘴都笑歪了。当下抬的抬，扛的扛，一霎工夫把箱子全运上兵舰了。兵舰上那些官兵抢的抢，夺的夺，撬的撬，扳的扳，开箱取"银子"。箱子一开，里面装的胡蜂一头哄出来，碰到人就蜇。那些英国人被蜇得鬼哭狼嚎，一个个头肿得像猪头，手肿得像蒲扇，那个怪样子叫人都不能看。

过了几天，英国人消了肿，找到林大人，暴跳如雷。林大人说："上次放胡蜂是试试你们的，看看你们的皮有多厚，你们居然没有被蜇死！这样吧，银子照给，外加一倍！"英国人听说加一倍银子，倒蛮合算，就不折腾了。

把英国人打发走后，林大人又忙了。他叫人装了几万箱石头，石头当中放炸药。一切办好了，约定日期叫人来取银子。

这回英国人小心了，怕箱子里还是胡蜂，就想了个鬼点子，把箱子抬到山脚下，堆起来点火烧。他们琢磨，如果箱子里是胡蜂，就烧死了；是银子，一烧就流出来了。

火点起来了，那些英国官兵都围在旁边等着抢银子。哪晓得火头一上，只听"轰隆""轰隆"石头炸得满天飞。那些英国人赔款没捞到手，反倒把他们的老命赔上了。

周正良　康新民　搜集整理

鱼抬梁和土堆亭

很多年以前，在一个古老的县城里，要修建一座规模雄伟的文庙。为了把文庙修建得特别壮丽、奇特，有的人主张把正殿修得又高又大，并且要选用黄荆树来做大梁；有的人又提议在殿后配修一座"春秋亭"，并且要用整块朱砂石来打亭盖。经过商量后，大伙决定派人到四乡去找寻收买。在四乡一连找了三个月，终于把什么材料都办齐了。但这样大的工程，找哪个匠人来当掌墨师[1]呢？全城只有两个手艺较好的工匠，一个姓张，一个姓王，两人的手艺都差不多，都各有一帮客师[2]和徒弟。究竟哪个当掌墨师最恰当呢？老是决定不下来。最后，他们只好让工匠双方去商议推定。

工匠们商议的结果，认为张师傅年纪较大，为人又诚实、忠厚，大多数人都赞成推举他为全工程的掌墨师。王师傅虽然心里很不高兴，但也不好说什么，事情就这样决定了。

---

[1] 掌墨师：总管整个工程的工匠领班。
[2] 客师：即工匠。

张师傅从来没有主持修建过这样大的工程，心想：这次可以把自己的手艺和经验好好地用上了；但是他又担心，万一自己有见不到的地方，会造成工程上的损失。因此，从动工那天起，他总是勤勤恳恳、小心翼翼的，不论大小工程，他都亲自计算、督促；遇有疑难的地方，就虚心向王师傅和其他客师请教。

这个工程确实非常浩大，参加工作的木匠、石匠、泥水匠、杂工等，一共有三四百人。工程进行得还算顺利。但王师傅总是存心挑漏眼，不是当面不服提调，就是背后捣鬼。张师傅却平心静气，始终都不和他计较。因此，半午过去了，工程还算没有出什么大的差错。

转眼间，地基打好了，墙筑好了，殿柱也立起来了，只等八月十五午时三刻上梁。在上梁前十几天，为了把大梁的长短尺寸取好，他亲自动手计算。他先计算屋架和墙两端的长度，算好后，不放心，还亲自爬上墙实地量了三次。三次实量的结果，都和计算的一样，恰巧是七丈七尺七寸七分。然后张师傅又亲自将黄荆梁量取了七丈七尺七寸七分，也是量了三次后，才把两头剩余的木料锯了下来，这样他才放了心。他想：只等日子一到就上梁，正殿的工程算是没有什么差错了。

这时，亭子的石盖也已打好，四面的石柱也立起来了，只等上梁的日子一到就一起盖上。但这样重的整块石盖怎样才能弄上去呢？张师傅什么主意都想尽了，还是没办法。他去找客师们商量，客师们也都想不出办法；他去向王师傅请教，王师傅反而含讥带讽地说："掌墨师都想不出办法，我还有什么办法呢？"

张师傅真被这件事难住了。

上梁的日子一天一天逼近，离八月十五日只有四天了。张师傅一面为亭盖的事情焦急，一面又想起黄荆梁来，为了不致临时出岔子，他又拿着尺子再量了一次。这一量，像劈头打了一个大炸雷，他几乎晕了过去。不知怎的，明明是七丈七尺七寸七分，却变成七丈六尺了。他勉强支撑住自己，揩了揩眼睛，再量一量，还是只有七丈六尺。"天哪！"他急得眼前火星乱射，周身冷汗直流，口里不住地念着："完了，这下完了！"

第二天一清早，他的徒弟跑来看他，他忍不住问道："那天锯梁的时候你也在，你记得我量的尺寸吗？"

徒弟答道："怎么记不得呢？那天还是我给你端的墨斗哩。不是整整七丈七尺七寸七分吗？"

"这就怪了！我昨天再去一量，忽然短了一尺七寸七分。"

徒弟惊叫了一声，接着说："一定是他干的！前天夜晚，我起来小便，看见王师傅慌慌张张地从大殿上跑下来，手里还拿着斧头和锯子。昨天他又逢人便说这回要看你'现相'[1]哩!"

张师傅怔了一会儿,但他仍然很温和地说:"好徒弟,不要乱猜疑,更不要去乱说,王师傅与我同是老手艺人,我相信他不会做出这种伤天害理的事情来的。"

张师傅两天没有吃饭,没有睡觉,总是不停地想啊,想啊,可是仍然想不出补救的办法。这两天两夜,简直就像过了十年,张师傅忽然变老了,变瘦了,脸色也发白了。眼看日子已到了八月十四,明天就要上梁和上亭盖了,怎么办呢?

这时候,门外来了一个身材高高的、瘦瘦的老头儿,穿着很破旧的衣服,腰间吊了一把斧头和一把凿子,口称要找这儿的掌墨师,张师傅连忙出来问道:"你找掌墨师有什么事情吗?"

老头儿说:"我是想来找点儿活儿干的。"

张师傅愁苦着脸说:"我就是这儿的掌墨师,眼看我们明天就要散伙了,我怎能把你留下来呢!"

"怎么,这儿出了什么事情吗?"老头儿问道。

"没有什么,没有什么!"张师傅的眉头锁得更紧了。

---

[1] 现相:即失面子,丢丑。

老头儿好像看出了张师傅的隐忧，一再追问他是不是有什么为难的事情。但张师傅总是不肯说。因为他想，告诉别人也没有好处，反而让别人担忧。

"天快黑了，你能让我在这儿歇一夜吗？"老头儿央求着。

"好吧，你不嫌弃就住在我这儿吧！"张师傅一面说着，一面忙把老头儿请了进去。招呼老头儿坐定后，他又问道："我还没有请教师傅贵姓大名哩？"

"我姓鱼名日。"

"还没有吃晚饭吧？"

"连早饭都还没有吃哩！"

张师傅赶忙吩咐他的老伴儿去煮饭，自己又提着菜篮上街去买了两尾活鲤鱼回来，交给他的老伴儿去烧。他把一切安排停当后，又忙着来陪那位鱼老头儿。

鱼老头儿意味深长地对张师傅说道："朋友，如果有什么为难的事儿，光发愁又有什么用呢？做我们这行手艺的人，难免碰到许多为难的事情，只要肯多用心，多去想，自然会想出办法来的。"

一会儿，饭煮好了，鱼也烧好了，张师傅请鱼老头儿上方坐。鱼老头儿说："我今天走了一天，走得腰疼腿疼，你能去打点儿酒来喝喝就更好了。"

张师傅听说后，赶忙拿着酒壶去打酒。他走在路上，一面责怪自己待客不殷勤，一面又想起明天上梁和上亭盖的事情来了，头上、背上不禁冒出了冷汗。

等他把酒打回来时，一看，鱼老头儿不见了。桌子上弄得乱七八糟的：两尾鱼的口各被穿在一支筷子的两端，两尾鱼肚腹各平放在两只碗口上面；另一旁桌子角上倒了一大堆饭，饭堆上覆着盛鱼的那只大红花盘。再揭开盘一看，有四支筷子正插在饭堆的四角，只露出一点儿筷头来撑着那只大红花盘。

张师傅一看，先是觉得奇怪，后来想了一下，突然醒悟

过来，喊了一声："这下我明白了！"便飞跑了出去。

他一直跑到正殿上摆着的黄荆梁旁边，把原来剩下来的两端木料取来，挥动斧头，凿着凿子，把它砍雕成两尾张口翘尾的大鱼，然后再把梁的两端插进鱼口里。他这样做好后，用尺子一量，从梁这端鱼肚腹着刀处，量到梁的那端鱼肚腹着刀处，不长不短，恰好是七丈七尺七寸七分。

这时，天已经发亮了。他赶忙又跑到配亭那里去，把所有的挑土伙计召集来，叫大家一起去挑土来堆满亭子周围，填满亭子中心，一直堆到只剩几根柱顶的时候，才停了下来。

张师傅把一切安排停当，正是午时三刻，在一片爆竹声中，黄荆梁恰如分寸地放上去了；朱砂石的整块亭盖由人们抬起，踏着堆起来的泥土盖上去了。张师傅激动得流出眼泪，不住地念着鱼老头儿那几句话："是的，做我们这行手艺的人，就是要多用心，多去想，自然会想出办法来的！"

这时，王师傅却在众人的欢呼声中，非常羞愧地低着头，悄悄地从人群中溜走了。

后来，人们都说，那个名叫鱼日的老头儿就是鲁班，并把那根梁称为"鱼抬梁"，把那个亭子称为"土堆亭"。

丹　陵　整理

秃尾巴老李

听老人说龙王有五个儿子,长的颜色都不一样。老龙王就按他们的颜色叫他们为黑、红、蓝、黄、白。白龙最小,爹娘惯得他最发坏,整天价围着老龙王要封地,哭哭闹闹。老龙王没法了,便说:"好吧,北方有条江,如今也没个名儿,你去镇守,就给它个名儿叫'白龙江'吧!可不能再到东海来撒娇、来作害我!"小白龙一听,就说:"好嘞,往后离你老远,我爱做什么就做什么啦。"就听呼呼呼一阵大风到白龙江为王去了。

这小白龙从小贪吃,肚子太大,又娇生惯养,没个天高地厚,几天就把江里的鱼虾吃光了。饿得没法就发大水,冲倒了房屋淹了地,弄得百姓叫苦连天。于是百姓们整天价怨龙王爷没有生下个好崽子!

这件事一传十,十传百,也就传到龙王的耳朵里,于是就打发长子黑龙去打小白龙。结果三天三夜都没打过小白龙。龙王娘娘一看这情形,便对老龙王说:"我的老龙王爷,亏你还有本事！咱能耐再大，要教训小儿，也还得借人间神力，才能制服这混账东西！"说完就在老龙王的耳旁"喳呀"了几句。老龙王一点头，忙在大儿黑龙耳旁"喳呀"了几句。黑龙笑笑，一溜烟就不见了。

再说即墨县李家庄有个新媳妇张氏，正是清明以后在河里洗衣裳，才拿起棒槌捶衣裳，就见一块阴云从东南飞来，一阵风一阵雨把个小媳妇刮倒了。她迷迷糊糊听见有人说："小嫂子，借借你的少年神力！"等她醒来什么也没有丢，就觉得头发晕身发懒肚子痛，于是拿着没洗完的衣裳回了家。不几天她就生了个大胖小子，真喜煞个人儿！儿子一生下来没有半个时辰，就哭哭啼啼忙脚撒欢地要奶吃。

儿哭娘喂奶，这一喂，就见儿呼呼地长大，变成了一个人头龙身的孩子。娘说："儿呀儿，你这叫娘怎么说呀？"儿说："娘，别害怕，我吃你的奶就快快长大成人啦！"这一说，叫旁边的爹听见了，他想，这不生了妖怪啦？再说这种事传出去，谁能拿咱当人看？就拾起一把柴刀，"咔嚓"一声照儿的头砍去。可巧才生下的儿子，正在吃娘的奶和娘亲热，把尾巴往上卷，正好刀落下来砍去了小儿的尾巴。

俗话说"娘养娘亲，不养不亲"，孩子是娘的心头肉，不要说儿子成人又成精，就是个畜生娘也心疼啊！

当下孩子哭哭闹闹，一蹦就蹦到屋梁上。他在屋梁上叫：

"娘给奶吃父不让,

儿去千里娘莫怪,

得你老后[1]收骨柴。"

只一刹就见一条黑龙呼呼在屋梁上长大,一会儿工夫便向东南飞去——听说临走时还向着娘磕了三个头哪。

从那往后就有了一个说法:李家媳妇呀,生了个"秃尾巴李"的小儿子哪!

你说秃尾巴李往哪儿飞?他腾云驾雾一下子飞到崂山的太平宫,拜风火道人为师。风火道人便留他三年,教给他隐身法、土遁法、叠路法……往后十八般武艺件件精通。

有一天,风火道人说:"道家要云游,就是看看天下的光景,察察民情,你武艺也学成了,也该走走天下了。"

于是秃尾巴李就地一滚变成了道士模样,手拿一把剑,踏着云花沿着东海往北走去。他走到白龙江口,见乌云满天,白浪翻滚,向西一望一片汪洋大海。他心想,东海海水哪有这么大的气力?就顺水往西走去,走了一二百里,见水皮儿有一条白龙,顶翻了船,又吃了落水的人;屋檐草、倒塌梁、锅碗瓢盆浮浮摇摇向自个儿身边冲来。这秃尾巴李一看火上

---

[1] 老后:即死后。

心来，就水皮儿一滚，变成一条大黑龙，上去就抓住白龙的尾巴，于是他们就打了起来。

一直打了三天三夜不分胜败，黑龙忽然想起师父教的隐身法，就见他把头往水里一扎不见了影儿。白龙正斗上了气，随后追去，可什么也看不见，直打转转。黑龙想，下手的时候到了，就拿出了师父给的剑，一剑向白龙的脖子砍去；白龙正晃晃悠悠找不到对手，只觉脖子一阵冰凉，身子也就倒了，再也不喘气了。

可是小白龙死了谁来管这条江？人们也不管这黑龙愿意不愿意，三推两推就把他推到江心去了。秃尾巴李在江水里有鱼虾可吃，每年又有许多不忘本的人常常拿馒头往江里扔，怕秃尾巴李吃不饱。他也落得个快快活活。

这个江以后就改名为"黑龙江"，再也不发大水了。可你想想，秃尾巴李总是个孩子，在黑龙江虽说不缺吃不缺喝，可想娘想得要命，就打听娘的日子过得怎么样，有个闯关东的李老汉和他说："你娘早死了，就是你走后把她疼死了！"秃尾巴李大哭了一场，就回来给娘上坟。可要知道，他是条龙呀，往哪儿走都是呼风唤雨，所以每到秋末冬初，咱山东沿海总要有一场冰雹。每有冰雹时老百姓都说："哎呀，秃尾巴李又来家给娘上坟了！"

刘思志　搜集整理

蛇 郎

老婆、汉子养下七个闺女。大女子、二女子、三女子、四女子、五女子、六女子都有头发，七女子没头发。

老婆对男人说："蛇郎头上有金花哩，你拿上金刚钺斧砍去吧；给大女子、二女子砍两朵金花，给我砍朵素花。"

男人扛起金刚钺斧走去了。他给老婆砍素花时，金刚钺斧跌到蛇郎窠里了。

"蛇郎，蛇郎，给我递上金刚钺斧来！"

蛇郎说："看你许下我个甚呢？"

"我给你好猫逼鼠来。"

"我有嘞！"

"我给你好狗看门来。"

"我有嘞！"

"我给你好鸡下蛋来。"

"我有嘞！"

"我给你好猪拱圈[1]来。"

"我有嘞!"

"我给你好女为妻来!"

"你回家引去吧!引将来我给你金刚钺斧。"

他回去了,对大女子说:"给你们砍金花去,金刚钺斧掉到蛇郎窠里了,人家不给啦,要你们好女为妻哩,你去呀不?"

"我不去,我嫌蛇郎蛇腥气!"

二女子来了,他说:"给你们砍金花去,金刚钺斧掉到蛇郎窠里了,人家不给啦,要你们好女为妻哩,你去呀不?"

"我不去,我嫌蛇郎蛇腥气!"

三女子来了,他说:"给你们砍金花去,金刚钺斧掉到蛇郎窠里了,人家不给啦,要你们好女为妻哩,你去呀不?"

"我不去,我嫌蛇郎蛇腥气!"

四女子来了,他说:"给你们砍金花去,金刚钺斧掉到蛇郎窠里了,人家不给啦,要你们好女为妻哩,你去呀不?"

"我不去,我嫌蛇郎蛇腥气!"

五女子来了,他说:"给你们砍金花去,金刚钺斧掉到蛇郎窠里了,人家不给啦,要你们好女为妻哩,你去呀不?"

---

[1] 拱圈:生小猪。

"我不去，我嫌蛇郎蛇腥气！"

六女子来了，他说："给你们砍金花去，金刚钺斧掉到蛇郎窠里了，人家不给啦，要你们好女为妻哩，你去呀不？"

"我不去，我嫌蛇郎蛇腥气！"

七女子来了，他说："说不说顶甚事！蛇郎要好女为妻哩，你个秃子，还不知人家要呀不！"

"我去呀！"

"你要去你去！"

"你替我向蛇郎要把梳子来。"

她大去了："蛇郎，我七闺女来呀，她向你要把梳子。"蛇郎把梳子递上来，他拿回家了。

他闺女站在门口，边梳边说：

"一梳子梳到大路上，
两梳子梳到蛇郎门头上，
三梳子梳到蛇郎炕头上。"

一会儿把头发梳全了，这就上路呀：

牛驮胭脂马驮粉，
骆驼驮的十样锦，

雀儿衔上红头绳，

燕儿抱上花酒瓶，

绵羊驮上洗脸盆。

她大送她去了，蛇郎把金刚钺斧也送还他了。

闺女、小子入了洞房，成了老婆、汉子了。

她二姐在家说："妈，我看我七妹妹去？"

"你看去吧！"

她就走开了。路上她碰见个放羊的："放羊的，哪儿是俺七妹妹家？"

"你家七妹妹是谁咧？"

"蛇郎家。"

"翻个梁梁爬个坡，揭起房大的牛粪片片就是蛇郎的窝。"

她骂放羊的："你这是灰说[1]！人家谁在牛粪片根底住？"

她又碰见个放猪的："放猪的，哪儿是俺七妹妹家？"

"你家七妹妹是谁咧？"

"蛇郎家。"

"翻个梁梁爬个坡，揭起房大的牛粪片片就是蛇郎的窝。"

"净遇见这些灰人，牛粪片根底能住人咧？"

---

[1] 灰说：即胡说、瞎说。

她走开了。真个翻个梁梁爬个坡,揭起房大的牛粪片片有个窟窿,她就吼:"七妹子?"

"二姐,你家来吧!"

她进去了。她妹妹好待承她。饭后跟她说:"你快藏起吧,蛇郎就要回来了。"

她刚刚藏好,蛇郎进家门了。

"嗬,甚气味呀?"

她说:"我二姐看我来啦。"

"在哪里?"

"我怕你伤她,扣她大瓮底下啦。"

"嗳,看你憨的!赶紧往外寻吧。"

老婆、汉子过去一揭大瓮,二女子出来啦。

二女子在这里住下了。有一天,蛇郎出去啦,二女子跟她七妹妹说:"七妹子,把你的袄给我穿上,看咱俩像一个娘养的不?"

"一个娘养的嘛,怎么会不像喽?"

"七妹子,把你的裤子给我穿上,看咱俩像一个娘养的不?"

"一个娘养的嘛,还能不一样?"

"七妹子,把你的耳环给我戴上,咱俩去河畔照照,看像一个娘养的不?"

"一个娘养的就不一样啦?"

两个人走到河边,二女子一把把她妹妹推下河去,自己又返回来了。

蛇郎也回来了,问她:"二姐哪儿去啦?"

"回去啦。"

"哎呀,你脸上不麻嘛,这怎麻哩?"

"唉,不说吧!俺俩走到豌豆地里耍哩,她跑我追,我跌倒了,豌豆硌下一脸疤,这会儿还疼呢。"

"你的脚不大嘛,这怎弄大哩?"

"在路上跑嘞,鞋丢了,脚板撒大啦。"

…………

清早起,蛇郎去河边饮马,河沿上站个红嘴绿鹦哥,巧嘴骂他:

"蛇郎蛇郎不识人,

呆呆傻傻分不清。"

他拉马回去,跟老婆说:"河沿上有个红嘴绿鹦哥,可喜人哩,它骂我'蛇郎蛇郎不识人,呆呆傻傻分不清'。"

"扁毛货,你管它咧!"

第三天早上,蛇郎又饮马去了,鹦哥又照样骂他。

他跟鹦哥说：

"巧嘴嘴，巧嘴嘴，
你不是我妻飞到马鞍桥上站一站，
是我妻快往这袍袖筒里钻！"

他往起一架袍袖，鹦哥就飞到他袖筒里了。

他拉马回去，跟老婆说："你把这鹦哥好好喂上，操心别叫猫吃了。"

蛇郎走了。二女子在梳头洗脸。鹦哥骂她：

"奸奸奸，
拿我的镜子照狗脸；
丑丑丑，
拿我的梳子梳狗头！"

她恨得咬牙。

第二天，蛇郎又走了。她梳头洗脸哩，鹦哥又骂她：

"奸奸奸，
拿我的镜子照狗脸；

丑丑丑，

拿我的梳子梳狗头！"

她跳起来，一把捉住鹦哥，按到水里淹死了："这可把你砍头的治了，看你再骂！"

蛇郎回来了，进门就问："我的鹦哥呢，怎听不见它说话啦？"

"它跌进水里呛死了！"

蛇郎直掉泪，没说话。

二女子把鹦哥杀了炖起，炖熟了，给她男人舀的是骨头，给自个儿舀的是肉。她男人不吃。她一吃，叫骨头卡住了。

她生气不吃啦，顺手倒在门边，掘个坑坑窖起。没隔一天，这地方长起一棵酸枣树来，她往外走，袄扯烂了，裤也扯烂了；往回走，树上飞起一群黄蜂，赶着蜇她。

汉子往外走，破袄成了新袄，上面长起一疙瘩金子；往回走，新袄成了缎袄，上面长起一疙瘩银子。

二女子生气地把树砍了做成个板凳，说："我坐你一世，坐你一世！"

她男人往上一坐，又平稳，又光滑；她一坐，上面有刺哩，扎得她龇牙咧嘴。

她一气把板凳劈掉，填进灶里烧了。

阿里和他的白鸽子

半夜里,蛇郎听见灶房里有纺车声,他起来一看,松明里,他妻子噙着泪,正纺纱哩,他上去把她抱住了。

"蛇郎哥,别抱我,我还没长骨头呢;你拿冬雪做衣裳,拿梅花做脸,把花枝当骨骼,放在我身上,我就变得和常人一样了。"

蛇郎照样做了。七女子变得比先前更美好。

蛇郎把恶毒的二女子撵跑了,重新和他的好妻子生活在一起。

孙剑冰　采集

荞麦姑娘

有一家子，两口子都死了，撇下了一个十三岁的小男孩儿，叫忙生。爹娘真是忙了一辈子，好歹的才给忙生留下了靠河沿的一块荒地。谁都说，那块荒地什么也不长。忙生长到十七岁了，别看年纪小，可是一个刚强的小伙子。他动手料理起那块荒地来了，别人说："忙生啊，你别枉费那工夫啦。"

忙生说："你等着看好了。"他不和人家分辩，只是鼓上劲儿做活儿。他把荒地整理好了，春天也过去了，便种上些荞麦。

忙生从种上荞麦那天起，就像用钉子钉在那里一样，一天也不离荞麦地。只见他地里的荞麦，红秆绿叶，"嗖嗖"地长起来了，开花了。

走到地边上的人，都夸忙生好样的，荞麦是不能长得比这再好了。忙生听了笑眯眯的，修理的劲头更大了，常常很晚很晚才回来。

有一天晚上，月亮地里，那荞麦更加好看，好像是蒙上了一层薄薄的白纱一样，在风里轻轻地摆动。忙生看得出了神。忽然间，在荞麦地那头，有一个人影一晃。忙生还以为是自己眼花的缘故，揉揉眼睛再看，可真是有个人。那人越来越近，快到跟前啦，月光底下，看得清清楚楚，是一个十八九岁的闺女，绿裤红袄，雪白的脸，十分好看。还没等他作声，那闺女就笑嘻嘻地说道："叫你那么上心地照看，心里真过意不去。"

忙生听了，更觉着奇怪，对闺女说道："你是认错人了吧？"

闺女笑道："和你天天在一块儿，还不认识吗！我叫'荞麦'，你什么时候要找我，只要一叫'荞麦姑娘'，我就来了。今晚上月亮多好呀，你还想多看一会儿你的荞麦吗？"

忙生点了点头。那闺女把袖子一甩，忙生再看时，满地的荞麦都变得五光十色，那个好看哪，就是最好看的花朵也没有那么俊秀；那个香啊，桂花也没有那么好闻。

过半夜了，忙生才回到家里。刚刚躺下，听到外面呜呜地刮起大风来了。那个风可大呀，真是刮得地动屋摇。忙生躺不住了，他跳下炕，一把拉开门，他心里急得像火烧，什么也不顾得，直向荞麦地里跑去。风几次把他刮倒，飞沙打疼了他的脸，他一直跑到荞麦地里。只见一条黑东西，滚滚

阿里和他的白鸽子

地向西南下去了。

他差点儿放声哭了——荞麦地里没有了荞麦,已经变成高高的沙岭了。

大风住了,天又晴了,月亮也明了,忙生大声地叫道:"荞麦姑娘,荞麦姑娘……"他一连叫了许多声,可是一点儿影子也没有。忙生伤心地落下泪来,心想:"荞麦姑娘也许叫那条黑东西抓走了,也许压到沙岭底下啦。要是叫黑东西抓去,我怎么也要把她找回来;要是压在沙岭底下,我一定挖出她来。"

太阳出来了,照在那又高又大的沙岭上,忙生动手一锹一锹地挖了起来。

说故事容易,做起来可难。一天又一天,一月又一月,一年又一年,大沙岭铲低了,大沙岭铲小了,大沙岭终于铲平了。忙生欢喜得不得了,连忙大声地叫道:"荞麦姑娘!"还没落音,只听"呼啦啦"的一声响,眼前的地裂开了,金光四射,飞出一只金黄的小雀。金小雀飞到半空,闪着金光,和人一样地说起话来了:"好小伙子,你救我出来,这满窑的金银,都送给你这个勤快人。"

忙生一低头,只见从裂开的地缝里,金子、银子一个劲儿地滚了出来,便惊奇地问道:"好心的金小雀,你告诉我,那荞麦姑娘怎么不见了呢?"

金小雀听了,长长地叹了一口气,说道:"那荞麦姑娘,已叫秤钩子妖怪抓到摩天山黑石洞里去了。那妖怪会飞沙走石,吐绳缠人,要救出荞麦姑娘,得最有劲儿的人。"

忙生说:"好心的金小雀,我不要这些金和银,只要叫我变成天底下最有劲儿的人。"

金小雀听了,"扑棱"一声,落在忙生的跟前,吐出了一粒金小米来。忙生吃下了这金小米,就变成最有劲儿的人了。他别了金小雀,脚脚西南地去找荞麦姑娘去了。[1]

这阵儿是夏天,日头火毒火毒的,晒得脊梁痛,忙生看见道旁有一棵树,这棵树少说也有一搂粗。他走过去,没费多少力气就把它拔出来了。打了打根上的土,当把伞,擎着往前走。走了一阵儿,觉着擎着怪麻烦的,就顺手插在腰里。这样走了不知有多少日子,离摩天山也就还有四百多里路了。他一走进这四百里路以内,秤钩子妖怪就知道了。他从黑石洞里走了出来,把大口一张,立时呼呼地刮起大风来了。

忙生正走着,大风刮过来的那些沙子、碎石好像下大雨一样地落了下来。忙生从沙里拔起脚来还是往前走。不多一阵儿,忙生眼前就是一眼望不到边的大沙滩了。秤钩子妖怪站在摩天山顶上哈哈地笑了起来:"你要进我的宝地,生渴

---

[1] 脚脚西南地去找荞麦姑娘去了:意思就是脚不停步地一直奔向西南找荞麦姑娘去了。

也能把你渴死。"秤钩子妖怪说完，放心大胆地回洞里睡觉去了。

忙生走着走着，觉得口渴了，四周连一点儿水也没有。他举起拳头，一拳打下去，就打出了一口井。那口井跟个小湖一样大，周围少说也有二三里路。忙生喝得足足的，又向前走。一天不到黑，他就走了四百里路，天还不黑就到了摩天山下。抬头看看，山高得好像插上了天，半山腰里，黑云飘飘。忙生把腰带紧紧，挽挽袖子，向上爬去。眼看快到黑石洞了，只听一声霹雳："谁进我的宝地？！"

忙生眨眼的工夫，秤钩子妖怪已经站在跟前。秤砣鼻子，铃铛眼，满身长着黄毛，手跟秤钩子一样，伸过来想抓忙生。忙生一闪躲开了。

秤钩子妖怪见抓不住忙生，使劲儿向石头上吹了一口气，比磨盘大的一块石头就向忙生飞了过去。忙生冷笑了一声，伸出一只手就接住了，说："妖怪，这吓不倒我。"

他把那块石头一下子又向妖怪扔去，正打在妖怪的胸膛，"扑通"一声，那妖怪连哼也没哼。他见石头打不着忙生，血盆大口猛地一张，吐出了一根白绳，看看有锄棒粗，弯弯钩钩像条长虫一样地向忙生奔去。

忙生眼明手快，"咔嚓"一声，折了一棵大松树，少说也有两搂粗。左招架，右招架，白绳都缠在松树上了。眼看松树上快缠满了，那妖怪的绳也吐完了。忙生使劲儿一挣，山崩地裂一声巨响，一颗黑心滚了出来。妖怪跌倒在地上，越缩越小，变成一只蜘蛛死去了。

忙生想着荞麦姑娘，三步两步走进了黑石洞，见地下躺着荞麦姑娘，已经死去了。忙生看着荞麦姑娘，泪"啪嗒啪嗒"地滴了下来。

忽然金光闪亮，把个黑石洞照得明晃晃的。金小雀飞来了，把含着的一滴水，吐在荞麦姑娘嘴里，荞麦姑娘立时苏醒过来了。脸还是那么白，衣裳还是那么绿，把个忙生喜得不知怎么好。荞麦姑娘又欢喜又感激地说道："你是天底下最勤快、最勇敢的小伙子，只要你把那里再种上荞麦，咱俩就能照常见面。"

忙生回了家，在靠河沿的地里又种上了荞麦，又长起了头等的好荞麦。蜜蜂又在那里采蜜，蝴蝶又在那里飞舞。月光底下，那荞麦姑娘又走了出来。

董均伦　江　源　搜集整理

葫芦告状

从前，滏阳河上游有母子俩，靠打鱼为生。儿子满舱早年死了爹，一只小船，两张破网，就是母子俩的全部家产。

有一年，天旱水浅，鱼不上网。娘对满舱说："儿呀！这些天总打不上鱼，眼看灶里不冒烟啦。人常说：树挪死，人挪活，咱不如到下游水深的地方去打鱼。"

满舱把小船撑到下游。这儿鱼虽然多，可是当地有个渔霸叫穆兴盛，盘剥得渔民没法活，渔民给他起个外号叫没星秤。满舱一天到晚累死累活，打的鱼还不够给没星秤交码头钱。没办法，他只好连夜下河打鱼。

这一夜，娘儿俩趁着月光在河里撒网，连撒三网，一条鱼也不见，愁得满舱直叹气。忽然娘惊喜地对满舱说："你看前边水里一片金光闪动，说不定水底下有宝贝！"满舱赶紧把船划过去，见水里有一条金色大鲤鱼被一条大毒蛇咬住尾巴，挣脱不开。满舱抽出渔叉，"嗖"地一下，叉死了毒蛇，鲤鱼从蛇嘴里挣脱出来，围着小船游了一圈，打个挺儿，翻了一片浪花游走了。

第二天夜里，满舱又来打鱼，忽听后舱有个女子说话："满舱满舱慢撒网，有件事儿好商量。"满舱往后舱一看，说话的是个俊俏伶俐的大姑娘。满舱说："姑娘是啥时候上的船呀？"姑娘说："我说了你别害怕，我是滏阳河龙王的三女儿，昨夜偷出龙宫，遇上了毒蛇，要不是你救了我，我早被毒蛇吃了。"满舱说："那你想跟我商量啥事儿？"龙女脸一红，害羞地说："我想给你当媳妇。"满舱说："不行，不行！我穷得叮当响，连娘都养活不了，咋能娶你。"龙女说："你要娶了我，管你不受穷。"

满舱到前舱跟娘商量，娘说："我都听见了，咱打着灯笼也找不着这么好的媳妇，娘还会不同意？"满舱和龙女当下在船头点了三炷香，冲着月亮拜了天地，成了夫妻。

第二天一大早，龙女对满舱说："咱俩只有一夜夫妻的缘分，现在我得赶快回龙宫去，要不我爹就要派夜叉来害你。"满舱拦住龙女说："你不能走啊，谁来我也不怕！"龙女说："你要有胆量，就快些到尧山[1]顶峰的岩洞里去取一件宝贝。那宝贝是尧帝治理洪水时留下的一块宝石，名叫'拉河干'。不论多大的水，遇上拉河干，马上就干涸。有了拉河干，我

---

[1] 尧山：今河北省隆尧县城北的一座山，相传是古尧帝的封地。

就能叫我爹答应咱们的婚事。"说完一晃不见了。

满舱按龙女说的,扛起渔叉直奔了尧山。尧山下的人听说满舱要攀顶峰,都劝他说:"小伙子,别上,我们尧山人有句话:尧山陡,尧山陡,尧山顶上有猛虎;尧山高,尧山高,尧山尖上有大雕!"满舱说:"我远道来尧山,就是想跟虎、雕较量较量!"

满舱把渔叉挎在背上,抓着石头缝里的小树,攀到峰顶上。远远看到岩洞口卧着一只老虎。老虎见了满舱,呼啸一声猛扑过来。满舱一闪身让过老虎,狠狠朝虎屁股上扎了一渔叉。老虎受了伤,扭转头来一扑,满舱又一叉刺进老虎的前胸。老虎蹬了蹬腿,死啦。

满舱来到洞里一瞧,一块通红通红的鹅蛋形宝石放出耀眼的红光,照得洞里火亮火亮。满舱正想伸手去拿宝石,突然岩洞上边"扑棱棱"一声响。满舱往上一看,一只秃头大雕张开翅膀,直朝他头顶上扑过来。满舱来不及躲闪,秃头大雕的两只利爪抓住了他的前胸,那个铁钩嘴冲满舱的眼睛啄来。满舱扔掉渔叉,两手飞快地卡住秃头大雕的脖子。秃头大雕的两只利爪抓进满舱的肉里,鲜血直流。满舱忍住疼痛,卡紧大雕的气嗓不放,卡得大雕直翻白眼。正在难分难解的时候,满舱看到岩洞深处有一弯泉水,估摸有一丈多深。他灵机一动,死卡住大雕,"扑通"跳进水里。大雕一到水底，不大一会儿就灌满肚子，蹬了腿啦。

秃头大雕一死，满舱就从泉水里凫上来，他把拉河干拿在手里一瞧，这块红宝石当中有个黄豆大的小孔儿，隔着石头，能把一切看得清清楚楚。他把拉河干揣在怀里，抓着葛条溜下来。

走了一天一夜，满舱又回到船上。他正跟娘学说得到拉河干的事，龙女就来了。龙女说："明天你用一根红线绳串上拉河干去滏阳河里拉就行。"然后龙女又告诉他进龙宫的办法，便走了。

第二天，满舱用红绒绳把拉河干串上，就在滏阳河里拉起来。他拉到哪里，哪里河水干。拉着拉着，河里走出一个长脖黑脸大汉说："小孩儿小孩儿，别拉啦，把你的红石头卖给我吧！""不卖，不卖！"黑脸大汉从怀里掏出两颗夜明珠说："这珠子是无价之宝，有了它你就成财主了。"满舱把头摇得像拨浪鼓儿，说："给我金山银山也不卖！"

他照旧朝前拉，不到一天，整个滏阳河里的水都快干了。河里又出来一个白胡子老头儿，说："小孩儿小孩儿，别拉啦，把你那石头换给我吧。""不换，不换！"白胡子老头儿说："我是滏阳河龙王，请你到水晶宫里去做客。"

满舱跟着龙王进了水晶宫。龙王摆了酒宴招待满舱，说："你只要把拉河干送给我，龙宫里的宝贝任你挑来任你拣。"

满舱向四周看了看,看到靠北墙的条桌上放着一溜亚腰葫芦。按照龙女的嘱咐,他指着第三个亚腰葫芦说:"不要金银、夜明珠,单换你这个宝葫芦。"

龙王见满舱要第三个葫芦,比剜他的心还疼,他说:"龙宫里别的啥都舍得给你,唯独这第三个葫芦是我的命根子。"

满舱一看龙王说话不算数,掏出拉河干就拉着走。这可把龙王的脸都吓黄了,急忙拦住满舱说:"我给,我给!"

满舱得到葫芦,高兴得抱在怀里,便离开了水晶宫。他拍了拍葫芦,龙女就从葫芦里出来了。龙女说:"咱们坐车回家吧!"说着把葫芦摇三摇,说,"葫芦葫芦开开,马车马车出来!"就见葫芦口一开,两匹大马驾着一辆轿车从葫芦里赶出来。龙女坐在车厢里,满舱坐在车前赶马,沿着河堤飞奔回家。

黄昏时他们来到一个桥头小镇。龙女拿起葫芦摇三摇说:"葫芦葫芦开开,马车马车进来!"说完,两匹大马拉着三龙女进了葫芦。满舱把葫芦揣进怀里走进客店。

满舱要了一间上房住下。店掌柜:"客人要酒吗?""不要。""要饭吗?""不要。"店掌柜回到账房里挺纳闷儿:这个客人奇怪,一个人住个大单间,不吃也不喝,莫非有啥特别的本事?店掌柜悄不声儿地来到满舱窗户根底下往里偷看。只见满舱从怀里掏出个亚腰葫芦来摇三摇,说:"葫芦葫芦开开,龙女龙女出来!"葫芦口一开,一个美女从葫芦里走出来。美女说:"你想吃啥?"满舱说:"一壶酒,四盘炒菜。"美女把葫芦摇三摇说:"葫芦葫芦开开,烧酒炒菜出来!"葫芦口一开,酒呀,菜呀,热气腾腾地摆满一桌。满舱和美女就喝起酒来。

原来,这客店是没星秤开的黑店,店掌柜发现满舱有宝葫芦后,立刻骑上快马到没星秤家去报信儿。没星秤听到这消息,就跟着店掌柜连夜赶来了。

没星秤隔着窗户一瞧,认出是穷打鱼的满舱,便上前敲门。龙女一闪身钻进葫芦里,满舱把葫芦揣在怀里就去开门。他一看是没星秤站在门口,惊奇地问:"穆掌柜有啥事儿?"没星秤龇着牙说:"你欠我的码头钱不交,躲到这儿来吃喝玩乐。"满舱说:"你上月就把下月的钱收了,为啥又来要双份?"

没星秤也不多说,一摆手上来四五个打手,七手八脚把满舱绑起来,用黑布蒙住眼。没星秤从满舱怀里掏出葫芦,叫打手把满舱扔到后院枯井里,井口盖上一块大磨盘。

没星秤得到宝葫芦,好像老鼠掉到米缸里,好不喜欢。他学着满舱的样子把葫芦摇三摇说:"葫芦葫芦开开,龙女龙女出来!"就见葫芦口一开,飞出一只老鹰来,一嘴把没星秤的右眼珠子钩出来。疼得没星秤一只手捂着眼,急忙叫打手们快把葫芦砸碎。打手们围过来抢葫芦,那葫芦一蹦

葫芦告状

一丈高，从窗户眼儿里蹦到院子里，又从院子里蹦到墙头外面去了。

这葫芦出了桥头小店，一蹦五尺高，一跳两丈远，不大会儿来到县衙门口。这时天快亮了，葫芦撞起堂鼓。鼓声咚咚，忙坏了正睡大觉的三班、六房、师爷、县官。县官急忙升堂。可是门外一个人影也没有，县官心里纳闷儿：明明堂鼓响了好半天，咋不见人呀？正猜疑，一个亚腰葫芦从外边乒乒乓乓蹦进来，一直蹦到了大堂上。

县官是个明白人，他对葫芦说："葫芦葫芦请安静，要请老爷我去断案，就在堂下转三转。"果然，葫芦在大堂前边忽悠悠转了三转，然后就往外蹦。县官命三班六房备轿出发。大伙儿跟头趔趄跟着葫芦，一路来到桥头小店。

没星秤听说县太爷来了，吓得赶紧出门迎接。县官说："穆兴盛！我早听说你在滏阳河上是一霸，今天宝葫芦把你告下啦，快把你的罪恶从实招来！"

没星秤抵赖说："小人从来奉公守法，葫芦告状那是满舱使的妖术。老爷不信请看，我的眼睛就是满舱使妖术弄瞎的。小人正想告满舱的状，他倒猪八戒倒打一耙，抢了原告。请老爷替小人申冤！"县官一听，这案子复杂，便问："穆兴盛！满舱是什么人？""是个打鱼的穷小子。""现在何处？"没星秤是吹火遇上蹿浓烟，不过这小子鬼点子多，赶紧说："回禀大老爷，满舱打瞎小人的眼，怕吃官司，远走高飞了。"

县官想,没有满舱,这案子咋个审法?于是对衙役说:"把葫芦传上来!"葫芦一蹦上了桌子。县官说:"好你大胆的妖葫芦,竟敢诬告良民,衙役们,给我打四十大板!"

这时候,桥头小镇上的人听说葫芦告状这宗稀罕事,都拥来看热闹。就见那葫芦一蹦一丈多高,跳到人圈子外边,一直往后院蹦去。

县官和衙役们追到后院,葫芦围着一个大磨盘正转三遭儿,倒转三遭儿。最后蹦进磨眼儿里不见了,县官看这情形,心里明白了。他叫衙役把磨扇掀开,下边露出一口枯井,井里有个五花大绑、脸上蒙着黑布的人。井底下还有许多骷髅。

衙役们忙把那人从枯井里拉上来。县官一问,原来他就是满舱,顿时大发脾气,他指着没星秤说:"穆兴盛,你图财害命,一共害死了多少人?快如实招出来,免得动刑!"

没星秤吓得跪在地上连连求饶,满舱把没星秤图财害命的经过讲了一遍,没星秤不得不画押认罪。

县官把没星秤带走了,桥头小镇上的老百姓人人欢喜。满舱揣着葫芦回到自己的小渔船上。从此,龙女和满舱一家三口过上了美满幸福的日子。

孟　寅　搜集整理

找姑鸟

从前有一个很厉害的老太婆,她有一个儿子、一个闺女。儿子娶了媳妇不多日子,就下关东去了。老太婆只亲自己的闺女,对待儿媳妇十分狠毒。

老太婆常常看着自己的闺女说:"妮子呀!再吃一块白面饼吧,再喝一点儿小米汤吧。"

每逢这时,闺女总是要把白面饼分一些给嫂嫂吃。

老太婆却用白眼珠子瞅着儿媳妇说:"吃那么多,喝那么多,就是糠菜窝窝也不能管你饱!"

老太婆不只是不给儿媳妇好的吃,好的穿,还不断地打骂她。

这一年,老太婆又养了很多很多的蚕,多得看也看不遍,数也数不完。每天都是不等天亮,老太婆就赶着儿媳妇上山去采桑。今天也采,明天也采,天长日久的,山上的几棵桑树小叶都快采光了。

家里的蚕,却越长越大。四月天,蚕变亮了,蚕吃起老食来了，撒上了一层桑叶，"沙啦！沙啦！"地就吃光了；撒上了一层桑叶，"沙啦！沙啦！"地又吃光了。

有一天，老太婆指着要去采桑的儿媳妇骂道："娶来的媳妇买来的马，任俺骑来任俺打，你给我采不回桑叶来，哼！我皮鞭抽你，我棍子砸你！我三天不叫你吃饭，五天不叫你睡觉！"

老太婆盯着儿媳妇出了门，回头看到闺女正在那里拾蚕，心疼得了不得，忙说道："好妮子，歇歇吧！放着营生叫你嫂嫂回来做。你渴了吗？饿了吗？锅下我还给你留的有米汤，锅上我给你留的有白面饼。"

老太婆这个闺女长得十分俊秀，她不和老太婆一样的心肠，她很疼爱自己的嫂嫂。她听到老太婆的话，把身子一扭说："我和嫂嫂是一样的人，为什么光把营生留给嫂嫂做！"

老太婆见闺女不听自己说，要打，心里疼得慌，要骂，也是舍不得，气得拍拍手出去了。

嫂嫂上山去采桑，天又热，山又高，从南山坡走到东山顶，从北山顶又转到西山坡，看看天快晌午了，才只采了一小把桑叶，她愁得没法，就坐在山道上哭。

小姑在家里拾完了蚕，撒上了桑叶，她很挂念嫂嫂是不是采着了桑叶。她想："每日我的心不慌，今日我的心发跳，一准是嫂嫂在山上饿了吧。"她想到这里，停也不停，拿了娘给她留的白面饼，提上小米熬的汤，悄悄地往山上走去了。

小姑一见嫂嫂坐在山道上哭，就忙拉着嫂嫂的手说道："嫂嫂呀，别哭啊！饿了，我给你拿来了白面饼；渴了，我给你提来了小米汤。"

嫂嫂哭着说："妹妹呀！渴了，我能喝泉水；饿了，我也能吃苦菜。"

小姑又问道："嫂嫂呀！你有什么愁处，尽管对我说，妹妹是你的知心人。"

嫂嫂哭着说："妹妹呀！我南山走，北山串，只见柞叶，不见桑。我采不回桑，咱娘怎么能答应？"

小姑给嫂嫂理了理头发，擦了擦泪。小姑说："嫂嫂呀，不用怕！你吃点儿饼，喝点儿汤，咱俩再一块去采桑。"

小姑逼着嫂嫂吃了一块饼，喝了一点儿汤，两个人又相伴着去采桑。

两个人说说话话地走过了深涧，两个人拉拉扶扶地爬上了山头，漫山漫岭走遍了，还是只见柞叶不见桑。

嫂嫂看看日头快下山了，勉强忍着眼泪说道："妹妹呀！天快黑了，狼快出来了，虎也要离窝了，好妹妹呀，你先回去吧！"

小姑也说道："嫂嫂呀！天快黑了，狼快出来了，虎也要离窝了，好嫂嫂呀，咱两个一块儿回去吧！"

嫂嫂看着空空的篮子说道:"妹妹呀!嫂嫂还要在这里再等上一个时辰,也许那山神可怜我,能叫柞树变成桑!"

小姑看着嫂嫂说道:"嫂嫂呀!妹妹也要陪嫂嫂在这里再等上一个时辰,也许那山神可怜咱,能叫柞树变成桑!"

姑嫂两个人手拉手地离了山半腰,肩挨肩地走到了山泉旁,漫山漫岭走遍了,还是只见柞叶不见桑。

嫂嫂看看日头已经下了山,背着小姑把眼泪抹了去,才转身说道:"妹妹呀!天黑了,月亮快出来了,听说这山上有个山大王,红鼻子,绿眼睛。好妹妹呀!你年纪轻轻的,你先回去吧!"

小姑也说道:"嫂嫂呀!天黑了,月亮快出来了,山大王红鼻子、绿眼睛。好嫂嫂呀,咱俩一块儿回去吧!"

嫂嫂看着清清的泉水说道:"嫂嫂还要在这里再等上一个时辰,也许水神可怜我,能叫柞树变成桑!"

小姑望着嫂嫂说:"嫂嫂呀!妹妹也要陪你等上一个时辰,也许水神可怜咱,能叫柞树变成桑!"

姑嫂两个人手拉手地离开了泉水旁,肩挨肩地到了山林边,漫山漫岭走遍了,还是只见柞叶不见桑。

嫂嫂看看月亮已经出来了,她又劝小姑回去,小姑还是不回去。

嫂嫂急得掉下了泪。小姑看看月亮出来了,嫂嫂篮子里还是空空的，小姑也着了急。

南风呜呜地吹，涧水叮当地响，小姑忽然抬起头来说道："山大王！山大王！你能叫柞树变成桑，我情愿嫁给你山大王！"

小姑的话刚刚说完，柞树叶子沙沙地响。

小姑挺直了腰，又大声地说道："山大王，山大王！你能叫柞树变成桑，我情愿嫁给你山大王！"

第二遍刚刚说完，只见那柞树枝子乱摇晃。小姑咬了咬牙，还是说道："山大王，山大王！你能叫柞树变成桑，我情愿嫁给你山大王！"

小姑刚刚说完了第三遍，忽然平地起了一阵旋风，天也昏了，地也暗了，四下里哗哗啦啦地直响。

转眼的工夫，风停了，月亮又明了，呀！漫山漫岭不见柞树，只见桑。

姑嫂两个人，又惊又喜，慌忙动手采起桑来。哪棵桑树也是青苍苍，摘下个桑叶就有巴掌大。不多一会儿，篮子就装得满满的了。

两个人抬着下了山。

老太婆不见了她的闺女，正在家里急得乱打转。这时，姑嫂双双回来了。她见了闺女好像得了宝，见了儿媳妇好像是眼中钉。桑叶虽是采了来，老太婆却骂儿媳妇不该引了小

找姑鸟

姑去。又叫她黑夜不睡看着蚕。

第二天，嫂嫂又上山去采桑，妹妹又送去了白面饼。漫山漫岭还是没有柞树，只有桑。

过了不几天，蚕吐了丝，蚕结了茧。

有一天，姑嫂两个人正在家里拐丝，只见从西北面飞来了一片乌云，跟着便扑来了一股顶天立地的黑旋风，树木摇出了根，房子掀起了顶。小姑喊也没顾得喊一声，就被卷进旋风里去了。

看不到小姑，嫂嫂急得红了眼。她扑进了黑旋风里，掉下的树枝砸痛了她的腰，吹起的沙石砸破了她的手。她几次摔倒了，几次又爬起来。她拼命一面追，一面喊："山大王呀！你留下我妹妹呀！"

可是黑旋风却越去越远。黑旋风头脚进了山，嫂嫂后脚也进了山。满山的桑树遮住了眼，那股黑旋风忽然不见了。

嫂嫂前山找，后山找，厚厚的鞋底磨透了。嫂嫂日日寻，夜夜寻，衣裳也被棘针挂破了，小姑的影儿也没找着。她从夏天找到了秋天，从秋天眼看又快要找到了冬天，山上的每根青草都知道她在找小姑，用自己柔软的叶子垫着她的脚板。山上的每根果木都知道她在找小姑，把自己的红果耷拉到她的眼前。山上各种各样的鸟儿也都知道她在找小姑，都愿意分些羽毛给她过冬，它们扯下了自己的羽毛，一齐向她抛去，羽毛在嫂嫂的周围好像柳絮一样地飘，羽毛在嫂嫂的周围好像雪花一样地飘，羽毛把嫂嫂全身都盖严了。

第二天，北风吹起来了，嫂嫂已经变成了一只俊俏的小鸟，遍身长满了温暖的羽毛，它一面飞，一面叫："找姑，找姑！"

寒冷的冬天过去了，温暖的春天又来到了。这俊秀的小鸟在葱绿的桑树上飞着，叫着："找姑，找姑！"在开满鲜花的果园里飞着，叫着："找姑，找姑！"

它飞在一望无边的庄稼上面，它飞在飘着白云的青天下面，它无时无刻地叫着："找姑，找姑！"

月月叫，年年叫，当地的人们都怜惜地叫它：找姑鸟。

董均伦　江　源　搜集整理

木匠行雨

都说"站得高,看得远",可有的也不尽是这样,如果私心重,即便身在半空,也会只看到自己家的酱缸。这不是说瞎话,实实在在有这样的人,还有这么回事儿哪。

从前有一个手艺很好的木匠,夫妻两个过日子。家里种着几亩地,加上他耍手艺的进项,一年到头,年吃年用,倒也够了。可是,这一年的春天,却遇上了旱灾,好久没有下雨,种上的庄稼也快旱煞啦。庄户人的心里都火烧火燎的,谁也没心思盖房盖屋,他做成的木器家什也卖不出去。老婆撺掇说:"你别光巴巴地在家里等着,出去跑跑,说不定还能揽个活路做做。"

木匠听了老婆的话,把锯呀斧子的,使钱褡背着,便上路走了。哪知串了许多村庄,也没找着个活路。这一天,他走着,走着,走到了海边,正是晌天的工夫,真是晴天白海,大海蓝晃晃、银光光。他正在望着,忽然看到从水里升上个人来,站在水面上跟他招了招手,便朝他走了过来。木匠正在惊讶，那人已经走到了跟前。原来是一个长得挺俊美的年轻人，这个年轻人说道："我是龙王三太子，来请你到龙宫里去做些家什，工钱随你要多少都可以。"木匠摇头说："我是一个凡间人，怎么能到海里去呢？"龙王三太子说："你跟上我，自然就可以去龙宫了。"

木匠应承了。

龙王三太子用手一指，分开了水路，很快便把木匠领了进去。到了龙宫，龙王三太子吩咐人给他拿来了各种各样的材料。木匠便动手做了起来。做了一件又一件，做了一件又一件，做了也不知多少件，反正一个月过去了。天长日久的，他跟龙宫的人也都熟啦。有一天，木匠正在忙着，龙王三太子走来告诉他，接到玉皇的旨意，要到登州去降雨。木匠听了很是高兴，心想：家乡旱得井干泉枯，要能下场透雨该多好哇！他又想，龙宫的景致自己已经看了，要是能够随着上天看看下雨那就更好啦，便问龙王三太子："我能不能随着你们上天行雨？"龙王三太子说："可以，只要穿上件龙袍就行。"说完，走去不大的工夫，就拿回了一件金粼粼的龙袍，他对木匠说道，"你穿上它就会变成一条龙，其实行雨并不难，布云响雷以后，你就使鼻子呲，呲的次数越多，雨就越下得大。不过，你可要千万记住，上天以后，不能说话。"

木匠穿上了龙衣，觉得浑身燥热，好在龙宫里清凉，他只得忍耐着。自然，去行雨的并不光木匠一个，行雨也不是乱下一气，要各管一方的。说也凑巧，木匠分的地方正是自己村子所在的那一带，随着号令，木匠竟然也起到了半空，风吹云绕，看看自己已经变成了一条大龙。红鳞金角，铜铃般的眼睛金光四射。他张牙舞爪的，不多一会儿便飞到了家乡村子上空。木匠的眼很有准头，他清楚地看到自己家院子里的酱缸没盖。哎呀！酱缸怎么敞着口呢！费事把物的，好不容易做了一缸酱，下上雨不就瞎了吗？

木匠急了，大声叫道："快把酱缸盖上！"只这么一声，立刻觉得身子千斤重，不管他怎么挣扎，还是往下掉去。转眼工夫，便"吧唧"一声摔到了地上，他觉得眼前一黑，就昏了过去。

他醒过来时，已经风停云散、天晴大日头的了。看看正掉在自己的街门口外面。你想想，天上掉下活龙，谁不来看哪！人们越围越多。木匠跌得头也抬不起来，死趴趴躺在那里，浑身疼得连尾巴也不能翘一下。龙衣经太阳一晒，更是又热又闷，就跟在蒸笼里一样。木匠觉得过一煞煞都难熬，他却熬了日头，熬星星，过了整整三天三夜。

再说，东海龙宫里查点龙衣，查来查去少了一件，问到了龙王三太子那里，才知道木匠没有回来。少了龙衣还了得吗？龙王三太子驾起一团乌云起到了空中，到了那里，低下

木匠行雨

云头，用手抓起木匠，停也不停就飞回龙宫。老龙王知道了，害怕玉帝问罪，赶紧给他脱下了龙衣，叫龙王三太子把木匠送出了东海。

木匠往家里走去，走了一天，又走了一天，看看别的地方都下了雨啦，可是离自己村十多里以内的地方却滴雨未落。

回到家里，老婆说："你到哪里去啦，连个信也不给家里。咱村里可发生奇事咧，从天上掉下来一条大龙，就落在咱家门前，方圆几十里的人都赶来看活龙呢。不过，四外都下了雨，就是咱村周遭还是旱得要命，都说'咱村有人心不正，圆旮旯下雨中间空'。"木匠说："那条龙就是我。"老婆不信。木匠说："你把酱缸敞着，我喊你盖酱缸才掉下来的。"老婆说："那天我上娘家去，走的时候晴天好日头，寻思掀开盖晒晒酱，没承想到了娘家就变了天，又打雷，又打闪，要回来也来不及啦。"过了一会儿，她把什么都问明白了，直埋怨男人："嘻！大家都盼雨盼得了不得，你倒怕瞎了自己的一缸酱！"木匠只"唉"了一声，什么也没说。

这叫作：人人都明理，只怕为自己。

董均伦　江　源　搜集整理

"漏"

　　从前，有一户人家：一个老头儿，一个老婆儿，还喂着一头黑脊背、白胸脯、俊俊硕硕的小胖驴。

　　山上住着一只老虎，山下住着一个蠢贼。老虎嘴馋，一心想着吃这头小胖驴；蠢贼手馋，一心想着偷这头小胖驴。

　　一天晚上，下起了蒙蒙雨。老虎来了，蠢贼也来了。老虎用爪在墙壁上抓，贼用手在屋顶上挖。不大会儿，墙被老虎抓了个窟窿，屋顶被贼挖了个窟窿。老虎钻进了驴圈，贼正想往下跳，忽然，老头儿、老婆儿在里间屋说起话来。老虎和蠢贼吓得大气都不敢出了。

　　老头儿说："老伴儿，好像有什么在响？"

　　老婆儿说："唉！管他狼哩，管他虎哩，我什么都不怕，就怕'漏'！"

　　老虎在屋内趴着想："跳山越岭我什么都见过，就是没有见过'漏'，莫非'漏'比我还厉害？"

　　贼在屋顶蹲着想："走南闯北我什么都听过，就是没听

阿里和 他的白鸽子

说过'漏',莫非'漏'比我还厉害?"

老虎吓得浑身发麻,蠢贼听得腿弯直软。贼一怕,脚一滑,"扑通"从房顶窟窿里跌下来,正巧摔在虎背上。老虎未料到房上会有东西掉下来,心想:"坏事儿,'漏'捉我来了。"撒腿就往外跑。

贼栽得晕头转向,一摸是个毛刺刺的东西,心想:"坏事儿,'漏'等着吃我哩!"拼命抱住老虎脖子不敢松手。

老虎驮着蠢贼,蠢贼骑着老虎。跑哇,跑哇,累得老虎筋都快断了,颠得蠢贼骨头架都快散了。前边有棵弯爬爬树,老虎想:"'漏'真厉害,像黏胶一样,黏住我了,到树跟前,得把它挤蹭下来,好逃命。"

蠢贼也想:"'漏'真厉害,像旋风一样,停都不停,一定是想驮到家再吃我,到树跟前,得想法蹿上去,好逃命。"

说话到了树跟前,老虎把身一歪,贼就势一纵攀到树上。

老虎逃回洞里,一群小老虎拥上来,搂腰抱腿,乱喊乱叫:

"娘,俺吃小胖驴!"

"娘,俺吃小胖驴!"

"让'漏'快把你娘的胆子都吓破了,你们还吃小胖驴哩!"

小老虎听娘说有"漏",又都哭闹着嚷:

"娘，俺想看'漏'！"

"娘，俺想看'漏'！"

老虎被哭闹得没法，说："你娘长这么大也没见过个'漏'，来，把你们套在娘脖上，领你们去看'漏'。"说着，把小老虎一个个用绳绑好，拴在它脖子上，一块儿走出洞。

贼在树上，刚醒过魂，又冷又饿，正想下来，一看，路上不远处，呼呼来了一群黑东西。心说："哎哟，一个大'漏'还不算，又领来一群小'漏'，这下可活不成了。"赶忙往树梢上爬，总嫌离地太近，紧爬慢爬，"咔嚓"一响，树枝断了，一个倒栽葱摔在山坡大石头上，跌成了个肉饼子。

老虎快到树跟前了，见天上掉下个黑东西，响声又这么大，吓得赶忙说："孩子们，快跟娘跑，大'漏'扔下小'漏'捉咱来了。"说着把身一转，腰一拧，也不管酸枣棵，也不管蒺藜窝，一气跑了好几座大山。东摔西碰，一群小老虎把毛磨得黑一块白一块，拖得龇牙咧嘴都不出气了。最后，老虎也累倒在地上，瞅着小老虎，有气无力地说："唉！非要看'漏'！非要看'漏'！把你娘累得浑身白毛子汗，你们不说疼娘，把皮袄脱得光光的，还龇着牙笑哩。"

陈清漳　搜集整理

鲸鱼和墨鱼

从前有一条大鲸鱼,他仗着自己体粗力大,自称大王,整天在海中横冲直撞,欺负别的鱼,扰得一海不得安宁。

一天,众鱼碰到一起商议,要搬到别处去,以免再受鲸鱼的欺负。这时,墨鱼站出来了,他挺了挺肚子,竖起那两条铁鞭似的触须,愤愤不平地说:"搬走不是好办法,谁知道别的地方还有没有像鲸鱼这样的霸王?依我看,我们应该狠狠治他一下,别让他再称王称霸!"

鲳鱼摇晃着小脑袋,连声说:"难呀,难呀!他的个儿那么大,我们怎么治他呢?"

墨鱼自告奋勇,要去整治鲸鱼,为众鱼消恨。众鱼正在商议,鲸鱼冲过来了,大家吓得四散逃走,只剩下墨鱼。鲸鱼看墨鱼一动不动,以为他吓呆了,张开大口就要吞食。墨鱼不慌不忙地对准鲸鱼,"噗"的一声,放出一阵浓黑的烟雾,把海水染得漆黑一片。鲸鱼只觉得眼前一暗,什么都看不见了。

过了好一阵子,烟雾才散尽。鲸鱼揉揉眼睛一看,咳!那墨鱼正在不远处游哩。他赶紧冲过去,一会儿就赶上了。正当他又张开大口,想把墨鱼吞进去时,墨鱼又放出一阵烟雾。鲸鱼像瞎了眼睛在暗中摸,又什么也看不见了。

就这样,墨鱼游一阵,放一阵烟雾;再游一阵,再放一阵烟雾,拖鲸鱼满海转。那鲸鱼从没被别的鱼这样欺负过,又馋又饿,又气又累。墨鱼看鲸鱼的模样,思量着差不多了,最后等鲸鱼逼近了,就放出一阵浓烟,自己猛地一跳,骑到

鲸鱼的背上,使尽全力,用两条触须死劲儿吸住鲸鱼的头顶。鲸鱼觉得头顶上像被什么东西吸着,先是一阵阵痒,后来是一阵阵痛。

"一定是墨鱼这小东西跳到我背上了。"鲸鱼一面想,一面翻动身子,甩起尾巴,想把墨鱼甩下来。墨鱼的两条触须比铁钉钉在木板上还牢固,一动也不动。鲸鱼觉得头顶钻心似的痛。

鲸鱼实在熬不住了,求饶说:"好墨鱼,好弟弟!你下来吧,我再也不欺负你了。"

墨鱼不肯:"不,你不欺负我,还要欺负别的鱼哩,不行!"说着,吸得更紧了。

鲸鱼折腾了这么长时间,感到全身软绵绵的,一点儿力气也没有了,他完全软下来了,连声哀求:"不啦!不啦!我再也不称王称霸了,再也不欺负别的鱼了,你快快下来吧!"

墨鱼听鲸鱼这样说了,才松开触须,跳下了鲸背。他这一吸,吸得太紧了,竟把鲸鱼的头顶戳下了一个小洞洞。

从此,鲸鱼再也不敢称王称霸、胡作非为了。他的头顶给墨鱼戳破的小洞洞,一直没能愈合。在海底游的时间长了,海水就慢慢灌进去了。所以过一段时间,他就得浮上水面,把水从小洞洞里喷出来。直到现在,还是这样。

邱国鹰　搜集整理

智慧鸟

一座山里有一只智慧鸟。很多有钱有势的人想得到他,尽管他们在山上踩出了一条条小路,却始终捉不住这只智慧鸟。

住在山上的东方的伊尔特格尔汗听说后,心说:"别人捉不住他,不信我也捉不住。"于是,他就往山里去了。

伊尔特格尔汗找到了那棵苍翠的松树,只见智慧鸟不飞也不害怕,蹲在松树枝上,老老实实地就让他捉住了。伊尔特格尔汗非常高兴。顺着小路往回走的时候,智慧鸟却对他说:"汗,你抓我并不是件难事,可你带着我走的时候,可不许唉声叹气,更不许闷着头不言语。不然,一眨眼的工夫我就会逃掉的。因此,不管怎样,咱俩得说说笑笑地走。"

伊尔特格尔汗听罢说:"好吧。"

智慧鸟点了点头说:"我给你讲一个故事吧,有一个猎人,他有一只好狗。一天,猎人带着狗出去打猎,在山谷小道上,有一辆满载着银子的喀萨克车[1]坏了,车的主人正坐着发愁。

---
[1] 喀萨克车:又称勒勒车,即牛车。

他们寒暄了一阵儿,车主人说:'打猎的朋友,我到前边村子里去找一个车匠来,请你给我看着车子。'猎人答应说:'行!'于是,车主人就高兴地找车匠去了。

"猎人一直等到天黑,也不见车主人来,心里想:妈妈眼睛不好使,恐怕从早到这会儿还没有吃饭呢。他便对他的狗说:'你在这儿看着,一直等到车主人回来。别让贼偷了银两。我先回家给妈妈做饭去。'说罢就走了。

"那辆车的主人走了好几个村子,一直走到半夜才找到一个车匠。回来一看,猎人已经走了,只剩下那只狗还忠实地看守着车子。

"车主人很喜欢这只狗。为了答谢它,就赏了一锭银子,打发回去了。这工夫,猎人正在门口等着自己的狗。狗一见主人,就把叼着的银子放到地上。猎人火了,说:'我本来让你好好替人家看守东西,你反倒偷了人家的银子!'说着拿起大棍把狗打死了。"

"唉!多么粗心啊!"伊尔特格尔汗听完故事,叹口气说,"这么好的狗让他错杀了!"

"得,你叹气了。"智慧鸟说完马上飞走了。

伊尔特格尔汗见智慧鸟飞了,就埋怨自己说:"唉!我干吗忘了不准叹气呀!"他回头又上山,第二次从松树上捉下智慧鸟。路上,智慧鸟又给他讲了一个故事:

"听说有一个妇女,她有一只好猫。一天,那妇女到井边打水去,对猫说:'你好好看着摇车里的孩子。'

"妇女走了以后,那只猫趴在摇车旁边轰蚊蝇。忽然,从门后跑来一只老鼠,想偷偷咬小孩子的耳朵。猫非常生气,就去追老鼠,一直追出了屋子。这工夫,又有一只大老鼠跑了出来,一口把小孩子的耳朵咬掉了,小孩子痛得哇哇直哭。那只正在追赶老鼠的猫心里一惊,赶紧跑回屋里,把大老鼠咬死在门后,然后又趴在摇车旁,用舌头给小孩子舔耳朵上的血。

"那妇女打水回来,一看,不由大怒,说:'我让你看着孩子,你倒起了黑心,把我孩子的耳朵给吃了。'于是拿起棍子就把猫打死了。可是,回过头来发现门后躺着一只死老鼠,嘴里叼着孩子的耳朵,她这才知道自己错杀了猫,痛心地哭了起来。"

"唉!真可怜!"伊尔特格尔汗刚一叹气,智慧鸟"噗噜"一声又飞走了。

于是,伊尔特格尔汗第三次上山,在那棵树上又捉住了智慧鸟,顺着崎岖的山路往回走。路上,智慧鸟又向他讲了一个故事:"有一年闹旱灾,有一个名叫阿力拍的人逃荒。路上,太阳非常毒,晒得他口干舌燥,走不动了,便坐在一个石崖底下等死。忽然,他发现石崖顶上一滴一滴地往下滴

智慧鸟

水。阿力拍高兴极了，赶紧掏出木碗去接水。好容易接了一碗，刚要喝，飞来一只乌鸦，用翅膀把他的碗打翻了。阿力拍很生气，说：'这坏乌鸦，把老天爷可怜我一滴一滴赏给我的水全给弄洒了！'说着捡起一块石头，追上去，把乌鸦打死了。这时他发现前边不远，一个石崖的裂缝里，淙淙地流着泉水。阿力拍欣喜异常，跑过去，把水足足地喝了个够。等他回到刚才坐的地方，拿起包袱，抬头看的时候，只见石崖顶上躺着一条大蛇，正呼呼地睡觉，从它有毒的舌头上往下滴着涎水。'啊！原来我接的就是它的涎水！乌鸦救了我，我却把它错杀了。'阿力拍后悔得哭了起来。"

伊尔特格尔汗听罢，说："唉！乌鸦真可怜，为了搭救人，反倒牺牲了自己！"

智慧鸟说："伊尔特格尔汗，你已经是第三次叹气了。"说着，又飞去了。

"唉，算了吧，确实没办法捉住他。"伊尔特格尔汗说完，便回家了。

甘珠尔扎布　采录

道　布　翻译

九弟兄

早年间,有老两口,大半辈子都没孩子,到五十多岁时,老太婆怀了孕,一胎生出九个铁蛋。老太婆说:"奇怪,奇怪,别人都养男育女,只有老太婆我生了九个铁蛋。"

老太婆把九个铁蛋交给老头儿,让他带去埋在屋北边的一棵金榆树下。老头儿依着老伴儿的话办了。往后有一天,从金榆树下跑来九个小孩子,直顾叫"爹爹妈妈"。打那以后,九个孩子就待在老两口跟前,跟他们一块儿过日子了。

这九个孩子常在一起做弓箭,打小鸟玩儿。他们看见家里有一副金弓箭,都想找妈妈要。

老太婆回答说:"孩子们,金弓箭可不是拿着玩儿的。我要把它交给这样的小伙子:

　　有力气啊本领大,
　　有本领啊智慧多,

你们有什么本领，快讲给妈听听。"

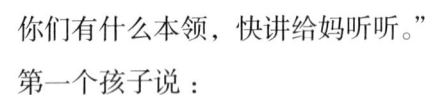

第一个孩子说：

"不管别人忘了什么事情，
经我提醒便会重新记起。"

"孩子，这还不能算本领。"

第二个孩子说：

"即使打天上掉下一庹[1]长的书信，
我也能够一字不差地看得清。"

"孩子，这还不能算本领。"

第三个孩子说：

"沿着二十年前爬过的道路，
我能找到虫子；
沿着十年前飞过的道路，

---

[1] 庹（tuǒ）：量词，成人两臂平伸的长度，约五尺。

我会抓住蜘蛛。"

"孩子,这还不能算本领。"
第四个孩子说:

　　"在广阔的天空下,
　　我什么都看得透;
　　在金色的大地上,
　　我什么也望得穿。"

"孩子,这还不能算本领。"
第五个孩子说:

　　"我能偷来正讲话的人的舌头,
　　我能偷来蹲着的兔儿的腰子。"

"孩子,这还不能算本领。"
第六个孩子说:

　　"打雷时天上飞来的箭头,

一张手我就能把它抓住。"

"孩子,这还不能算本领。"
第七个孩子说:

"趁着望远处的人
一回头的刹那间,
我骑在飞奔的马背上,
也能建起琉璃的楼房。"

"孩子,这还不能算本领。"
第八个孩子说:

"想用的东西我都能制造,
想去的地方我都能走到。"

"孩子,这还不能算本领。"
第九个孩子说:
"在广阔的天空中,
在金色的大地上,

我能一箭射中那

　　正翱翔着的山鹰。"

"好样儿的！孩子，这才算个本领咧！"

老太婆说完就把金弓箭取来交给他了。这孩子得到金弓箭，十分快活，欢蹦乱跳地带去同哥儿们一起玩儿去啦。

过了好些日子，有一天，打半空中掉下了一封一庹长的书信。哥儿们都想知道上边写些什么。能提醒忘事的兄弟说："先前讨金弓箭的时候，曾经在爹妈面前讲过：

　　即使打天上掉下一庹长的书信，

　　也能够一字不差地看得清。

我们不是有这样的兄弟吗？快让他给看看。"

这个兄弟去看了，对大伙说："胡尔木苏特大帝的幺女儿丢啦，信上说谁要给找回来，就能得到很多奖赏。"

他们都想替胡尔木苏特大帝找幺女儿，可是不知道该怎么办。能提醒忘事的兄弟说："先前讨金弓箭的时候，曾经在爹妈面前讲过：

　　沿着二十年前爬过的道路，

能够找到虫子,

沿着十年前飞过的道路,

可以抓住蜘蛛。

我们不是有这样的兄弟吗?他会找到仙女的,快带咱们去吧。"

这个兄弟出来领头,哥儿们带着妈妈给的金弓箭,朝西北方向走去。走哇走哇,到了很远很远的地方,没吃没喝的,大家伙又饥又渴。能提醒忘事的兄弟说:"先前讨金弓箭的时候,曾经在爹妈面前讲过:

想用的东西啥都能制造,

想去的地方哪儿都能走到。

我们不是有这样的兄弟吗?他会做吃喝,这会儿就瞧他的啦。"

这个兄弟立刻弄了许许多多的饮食,哥儿们吃饱喝足,又继续往前赶。走着走着,不知道怎么的,找不着路啦。大家都摸不着头脑,能提醒忘事的兄弟说:"先前讨金弓箭的时候,曾经在爹妈面前讲过:

九弟兄

在广阔的天空下，
什么都看得透，
在金色的大地上，
什么也望得穿。

我们不是有这样的兄弟吗？他一看就明白啦。"

这个兄弟出来一望，对大家说："是凤凰把仙女带走的，它用翅膀抱着仙女，待在那边哩。"

哥儿们商量怎样去救仙女，能提醒忘事的兄弟说："先前讨金弓箭的时候，曾经在爹妈面前讲过：

能偷来正讲话的人的舌头，
能偷来蹲着的兔儿的腰子。

我们不是有这样的兄弟吗？该让他去把仙女给偷回来。"

这个兄弟摸到凤凰身边，悄悄把仙女偷回来。可是不大一会儿，凤凰发觉了，立刻追来，又把仙女抓走了。哥儿们都挺着急，能提醒忘事的兄弟说："先前讨金弓箭的时候，曾经在爹妈面前讲过：

在广阔的天空中，

在金色的大地上，
能够一箭射中那
正翱翔着的山鹰。

我们不是有这样的兄弟吗？快拿妈妈给的金弓箭射吧！"
这个兄弟一箭射坏凤凰的翅膀，眼看仙女就要掉下来了。能提醒忘事的兄弟忙说："先前讨金弓箭的时候，曾经在爹妈面前讲过：

打雷时天上飞来的箭头，
一张手就能够把它抓住。

我们不是有这样的兄弟吗？快去接吧！"
这个兄弟上前去，不等仙女落地，就把她接住了。正往回走时，凤凰又施出魔法，劈头飞来一阵冰雹、乱石，打得他们连个藏身的地方也找不着。能提醒忘事的兄弟叫道："先前讨金弓箭的时候，曾经在爹妈面前讲过：

趁望着远处的人
一回头的刹那间，
骑在飞奔的马背上，

也能建起琉璃的楼房。

我们不是有这样的兄弟吗？快给造座楼房。"

他的话刚落音，这个兄弟便让大伙住进一座琉璃楼房了。等冰雹、乱石过去，他们打算往回赶，可是找不到出去的地方。原来修楼房的兄弟那会儿有些着慌，忘了安门啦。能提醒忘事的兄弟说："先前讨金弓箭的时候，曾经在爹妈面前讲过：

想用的东西啥都能制造，
想去的地方哪儿都能走到。

还是让这个兄弟来开路吧。"

这个兄弟带着哥儿们，一点儿劲儿不费就穿出去了。

九弟兄带着胡尔木苏特大帝的幺女儿一块儿回到家里，爹妈见到都说不出的高兴。老太婆问："孩子们，给讲讲，你们是怎么找到仙女的？"

大伙儿把一路上遇到的事情都讲给爹娘听了，老太婆不住地称赞："老头儿，老头儿，咱们老两口生的这九个小子的本领真大呀！"

九弟兄把仙女送到胡尔木苏特大帝那里，胡尔木苏特大帝赏赐了他们许多财宝。孩子们回到爹妈跟前，一起过着幸福安乐的生活。

仁钦道尔吉　祁连休　搜集整理

聪明的鹦哥儿

好多好多年以前，一家巴音的院子外面，密密层层长了一片树林，树林里住着七十一只鹦哥儿。这七十一只鹦哥儿一点儿也不怕人。巴音家的人饮羊，他们就飞到井台上喝水。巴音家的人喂马，他们就吃马料袋子下面的粮食粒儿。甚至巴音坐在家里的时候，他们都敢从套瑙上飞进来，在屋里叫着兜上几个圈子。他们就好像巴音家的牛羊和猫狗一样。

有一天，来了一个化缘的喇嘛。巴音把他请到正面，敬上奶茶，接着就向他求佛问卜。喇嘛半闭着眼睛，显出一种半仙不凡的样子说："我刚才进来的时候，看见你家包顶上落着一群鹦哥儿，这可不是好兆头呀！古话说：'套瑙上落下了鹦哥儿鸟，满园的牛羊贼赶跑。'这群恶鸟你要不消灭啊，他们就会引来贼人，赶走牛羊，把你的家园踏成一片废墟！"

巴音听了喇嘛的话，吓得脸色都变了。当天晚上，他就在鹦哥儿经常栖息的那棵树上下了网子。

在这七十一只鹦哥儿里面，有一只特别聪明的鹦哥儿，没等巴音撒下网子，他就对鹦哥儿们说："今天晚上，这家的主人要下网子捉咱们了。咱们赶快搬家吧！"鹦哥儿们听了，都"扑棱扑棱"飞到了另一棵树上。第二天，巴音又在那棵树上下了网子，聪明的鹦哥儿又知道了，他们又挪到更远的树上了。

这样来来回回挪动了几天，有的鹦哥儿不耐烦了。他们对聪明的鹦哥儿说："你今天说这里有网子，明天说那里有危险，害得我们东奔西跑的，连个安身的地方也没有，世上哪有那么玄乎的事情！"那天晚上，他们都没有搬家，所以就统统被网住了。聪明的鹦哥儿呢？他当然可以飞走。可是他没有飞，和大家一起被捕啦。别的鸟儿看见聪明的鹦哥儿也跟着落了网，自然又后悔又惭愧，觉得有点儿对不起他。不过聪明的鹦哥儿却不责备他们，他说："现在咱们都被网住了，本事再大也飞不了啦。不过，我倒有一个办法：明天巴音来解网的时候，咱们都装死躺在网里，我躺在最下面。他看见我们都死了，就会点一点数，看看够不够七十一只。这时候你们都注意听着，当他数到七十一的时候，咱们就扑棱一下全飞走。"别的鹦哥儿都说这个主意好。

第二天早上，巴音跑来一看，见网里鹦哥儿死了一大片。他高兴极了，爬到树上就一只一只地往下解，解一只往地下扔一只:"一、二、三、四……"当数到"七十"的时候,巴音别在腰带上的一把小刀,突然从鞘里滑了出来,掉在地上"当啷啷"响了一声,别的鹦哥儿都听成了"达楞尼格"(七十一),就呼啦一下全飞走了,恰恰把聪明的鹦哥儿捉住啦。

落了网的鸟儿又飞走,真比从来没网住还生气。巴音把对那七十只鹦哥儿的气愤,全发泄到聪明的鹦哥儿身上。他烧了一锅热水,把鹦哥儿身上、翅膀上的羽毛全煺掉了,然后就扔到垃圾堆旁边。

一会儿,飞来一只乌鸦。聪明的鹦哥儿说:"乌鸦哥哥,你不要吃我,你把我放到巴音的佛龛后面,我保证每天给你吃一只羊后腿。"乌鸦想:"也罢,吃上羊后腿更好,吃不上再找他算账也不晚,反正他也飞不了啦!"于是就背上鹦哥儿从套瑙飞进去,把他放到巴音家的佛龛后面。

这是巴音家里专门供奉佛爷的一座蒙古包,巴音每天要到里面燃起佛灯,向老佛爷磕头。这天,巴音正在磕头,佛龛后面忽然说了话:"信徒,你要是虔诚的话,就献上来一只羊贝子吧!"巴音可吓坏了,他只当是老佛爷的金口开了,就诚惶诚恐地跑回家,赶快煮了一只羊后腿献了进来。过了一阵子,乌鸦飞来了。他从来没有见过这么好的羊后腿,就跟鹦哥儿一起大吃起来。吃饱了,他又哇哇地飞出去,把这件有趣的事告诉了更多的乌鸦。于是,乌鸦们成群结队地飞来,围着巴音的羊后腿大会餐。巴音第二天来磕头,看见羊后腿只剩些干骨头,以为老佛爷真的享受了,就献来更多更好的羊后腿……这样,不知过了多长时间,鹦哥儿身上的羽毛就慢慢长起来了。佛堂里没人的时候,他就开始练习飞行。练呀飞呀,他终于有了远走高飞的本领。

那天,巴音去献羊后腿的时候,佛龛后面忽然又说话了:"老佛爷的信徒呀,你献了那么多羊后腿,今天可以成为台牧了。你赶快回去,用圣洁的开水把头发烫光,烫不光的再用浮石擦掉,然后再来见我。"巴音高高兴兴地跑回去,让用人烧了一锅开水,可是他刚刚往头上浇了一勺,就疼得龇牙咧嘴,受不了了。他又跑回佛堂向"老佛爷"求饶:"老佛爷呀,开开恩吧,我疼得受不了啦!"佛龛后面传出一个严肃的声音:"就是要疼才能变成台牧嘛!你只有变成台牧,鬼怪才不敢近身,你才能人畜两旺,永享太平。"巴音心想:老佛爷已经向我交底啦,人家好心成全我,我也不能磕了头不作揖,要不那么多的羊后腿就白献了。他一溜烟跑回家,按照鹦哥儿教的办法,咬着牙煺成个光葫芦秃脑袋,又连滚带爬地转回佛堂,跪下报告说:"老佛爷呀,您看,我把头发都煺光了,这回能成台牧了吧?"鹦哥儿从佛龛后面伸出头来,看见一个明晃晃的光脑袋跪在地上。他冷笑了一声,

阿里和他的白鸽子

狠狠地说:"黑心的家伙,你还记得你曾把一只鹦哥儿的羽毛煺光吗?所以,他今天也把你的头发煺光了。现在他已经报了仇要飞走了,你就好好地当你的台牧吧!"说完"扑棱"一声,蹿出套璐,向远方飞去了。

巴雅尔　搜集
郭永明　翻译整理

三个聪明的兄弟

从前，有兄弟三人，被人们称为"雄合尔老汉的三个聪明儿子"。一个下雪的冬夜，大哥的牛丢了。第二天，两个弟弟陪哥哥出去找牛。他们循着牛蹄印走了一阵儿，其中的一个便说道："偷我们牛的人穿着老羊皮袄。"

另一个说："这老羊皮袄还是镶边的。"

又一个说："这人的腰间还别着火镰和小刀呢！"

他们循着牛蹄印又走了一阵儿，来到偷牛贼住过的蒙古包旧址时，其中的一个说："偷我们牛的贼养了条短尾巴黄狗。"

另一个说："这人还有个怀孕六个月的妻子。"

他们又循着蹄印走了一阵儿，雪地上出现了骆驼的蹄印。其中一个说："这峰骆驼的右眼是瞎的。"

另一个说："不光右眼是瞎的，还是峰豁鼻子、黑毛的母驼呢。"

他们又循着牛蹄印走了一阵儿，便与一个丢骆驼的人相遇了。互相问过好以后，那人问道："你们见到一峰骆驼没有？"

"见到了。"

"见到了什么样的骆驼？"

"右眼瞎、豁鼻、黑毛的母驼，不过我们只见到了骆驼的蹄子印。"

丢骆驼的人说："别开玩笑了。你们既然知道骆驼的毛色，怎么会没见到骆驼呢？快说实话吧。"

三兄弟中的老大说："谁和你开玩笑啦？你说话要掂量掂量。"

丢骆驼的人说："我们回头再说吧。"说完便走了。

三兄弟继续找牛。丢骆驼的人偷偷跟着他们来到一个汗王的部落，向汗王告发说："汗王大人，我丢了一峰骆驼，现在发现了偷骆驼的三个嫌疑人。他们能说出我骆驼的毛色，却说没有看到骆驼。请汗王为我做主。"

于是，汗王命人将这三兄弟带进王宫。

汗王厉声问道："你们是从哪里来的？要到哪里去？"

老大答道："我们是三兄弟，当地人把我们叫作'雄合尔老汉的三个聪明儿子'。我们丢了一头牛，便跟着蹄印追寻，我们推测，偷我们牛的人身穿镶边老羊皮袄，腰间别着火镰和小刀，他养着一条短尾黄狗，有个怀孕六个月的妻子。"

汗王怒道："真是一派胡言！你们既然没有亲眼看见，怎么会知道这些？"

三兄弟中的一个说："这是我们根据雪地上的痕迹推测出来的。偷我们牛的贼走累后，躺下休息时，雪地上留下了镶边老羊皮袄和腰间挂着的火镰、小刀的痕迹。我们沿着他的足迹走到他住过的蒙古包旧址时，又看到雪地上有他的狗蹲坐时留下的短尾巴痕迹，还看到雪地上粘有黄毛，这就告诉我们这是条短尾巴黄狗。"

另一个接着说："我们在他蒙古包旧址上，还看到一个人用手支着地站起来时留下的痕迹，由此可知偷牛贼有个怀有六个月身孕的妻子。"

听了他们的话，汗王说："你们说的有些道理。如果真像你们说的那样，牛有可能找到。可是这个人的骆驼呢？你们有什么可说的？快把骆驼还给他吧。"

三兄弟中的一个立起身来说："当我们刚进入你们部落时，雪地上出现了一峰骆驼的蹄印。我们仔细察看这骆驼走过的路，只见右边的草都留下了，左边却没有草。由此可见它的右眼是瞎的。骆驼口渴吃雪时，它的豁鼻子在雪上留下了痕迹；再有，那骆驼撒尿时溅得到处都是，它在树上蹭痒痒时又留下了黑毛，由此可见它是峰豁鼻子的黑色母驼。"

三个聪明的兄弟

汗王听了他们的话,大为惊讶,心想:这三个人真是聪明过人。不过,我还要亲自试他们一试。于是,他在一个容器里放了一只苹果,把口封好,然后将它交给三兄弟说:"好吧,你们猜猜,这里面是什么东西?如果猜不出来,咱们再算账!"

老大拿起来摇摇,说:"这里面是个圆咕隆咚的东西。"

老二拿起来晃晃,说:"这是个圆咕隆咚的黄颜色的东西。"

老三连碰都没碰那东西就说:"反正这里面是个没长腿的东西。既然又圆又黄,那它不是苹果又是什么?"

原先已打定主意只要他们猜不出来便要问他们"偷骆驼"罪的汗王,这时不得不称赞道:"雄合尔老汉的三个聪明儿子果真名不虚传。好吧,你们去找丢失的牛吧。"说罢,又好言抚慰一番,将他们送出了宫门。

托·巴德玛　搜集整理

王　清　翻译

骑驴赴宴的老灰狼

　　从前，有一只老灰狼，住在一座高山的阴坡的深沟里。每当阳婆婆照到大草原的时候，他就钻进山间，吃着夜里抢来的牛犊和羊羔，从不敢露面；每当阳婆婆落山，他就伸伸懒腰，从山洞里爬出来，开始四处奔跑，寻找食物。一天夜里，老灰狼又从山洞里钻了出来，偷偷摸摸地来到了一个林子跟前。在这里，他遇上了一只刚生了双羔的老母山羊。他张嘴猛扑过去，想吞掉两只羊羔。老母山羊不顾一切地迎上去，用身子挡着小羊羔说："老灰狼，你吃我的羔子能顶什么呢？他们总共不过半口肉。"

　　"那我就吃掉你！"老灰狼凶狠地说。

　　"哎！你呀，老灰狼！"老母山羊又说，"真是白活了这么大的年纪。你不知道山羊肉寒气大，对你衰老的血气不适合吗？何况我又是刚生了孩子，污血未流尽。东河岸上有一匹陷在泥淖里爬不出来的黄马驹，你要是去吃他，又肥又香，肉又多，那该有多好哇！"

老灰狼听了，撇下刚生羔的老母山羊，直向东河岸跑去。果然，河边泥淖里躺着一匹小黄马驹。老灰狼高兴地扑了过去，刚要咬住小黄马驹的脖子，小黄马驹便开口了："唉，你怎么这样缺心眼儿！"

老灰狼一听，很生气地反问："我怎么缺心眼儿？"

小黄马驹不慌不忙地说："你要是就这么吃我，连泥带土的肉有什么好吃的？要是把我从泥淖里拉出来，放在干净的草地上吃，那该有多么香！"

于是老灰狼就咬住小黄马驹的长鬃，把他拖出了泥淖。刚要动嘴吃，小黄马驹又说："您是个学问渊博的大人物哩。请您在吃我之前，给我念一念这左胯上打着的火印子好吗？"

当老灰狼大摇大摆地装得很有学问的样子，绕到小黄马驹的屁股后头时，"啪"的一声，小黄马驹把老灰狼踢倒，扬起一溜烟，便跑得无影无踪了。

老灰狼被踢得鼻青脸肿，鲜血直流。他正踉踉跄跄地往回走，在山脚下又碰上了一头肥驴。

"剥开你的皮，吃掉你的肉！"老灰狼一见肥驴，摇晃着被小黄马驹踢伤了的嘴巴，叫喊道。

"哎！老灰狼，"肥驴说，"你活了这么大年纪，还不知道骑驴的乐趣吧？如果你在吃我之前，骑一骑，享受一下，该多好！"

"好吧，反正我要吃掉你的，先骑着走一程也不错。"老灰狼说着，便跳上驴背。

肥驴颠儿颠儿地走起来，不久，来到一个村子跟前。老灰狼一见着了慌，忙说："站住！站住！你要把我驮到什么地方去？"

"你不知道啊？今天是豪林台巴彦娶媳妇的大喜日子，我这是领你去赴婚宴哩！"

"我不去！人们见我会把我打死的。"

"唉！你什么时候听说，人们在新婚喜事的日子，还干那些杀生害命的事情？"

老灰狼犹豫起来，肥驴见老灰狼动了心，忙说："巴彦的婚宴大着呢，咱们俩一块儿去赴宴，放开肚子吃一顿肥羊肉，说不定还能饱饮一顿美酒哪！"肥驴说着走得更快了。

老灰狼听了这话，心里想：肥羊肉倒是比驴肉可口得多，要是再喝上两碗酒，那可真美啦，去就去吧。但想到自己这副模样，不知道人们欢迎不欢迎，于是问："我这样去行吗？"

"行！行！最好你把身子转过去，人们不愿看见你的嘴脸，你脸朝后，保管没事儿。"

老灰狼就照肥驴的话办了。肥驴放开步子向豪林台巴彦的家走去。

来参加婚礼的人们，一见老灰狼骑着个肥驴走来，喊的喊，叫的叫，端枪的端枪，撒狗的撒狗，一齐向老灰狼冲过来。驮狼的肥驴这时一尥蹶子，就把老灰狼摔在地上跑掉了。老灰狼见势不妙，慌忙扭头夹着尾巴拼命逃回了山里。

老灰狼回到自己住的那座山上，坐下来，想起今天的遭遇，扯开嗓门哭诉着：

"路上遇到的山羊，

本来是命里注定的饭。啊——呜呜！
说什么寒气大呀血气不符，
难道我是进庙的格楞喇嘛吗？啊——呜呜！
掉在泥淖里的马驹不吃，
为什么还把它拖到河岸？啊——呜呜！
还给他看左胯上的火印，
难道我成了管印的梅林？啊——呜呜！

骑上肥驴欣赏他的脚力，
难道我是库伦街上的驴贩子吗？啊——呜呜！
还骑上驴去参加豪林台的婚礼，
难道我有二十两银子的厚礼吗？啊——呜呜！"

老灰狼正伤心地痛悔嗥叫的时候，一个猎人突然从他身后走了出来，"当"地一枪，打穿了老灰狼的脑袋瓜。

芒·牧林　阿　斯　搜集整理

纳西尕儿

很早很早以前，贺兰山脚下住着一个勤劳善良的回族青年，叫纳西尕儿。他父母都无常[1]了，家里很穷，也娶不起媳妇，他独自一人砍柴度日。

有一天，纳西尕儿和往常一样，拿着砍刀和扁担上了山。到晌午，他饿了，便坐下掏出两个黑面大饼。他刚要吃，猛听身后有人说话。他回头一看，是个面黄肌瘦、身穿破衣烂衫的老太婆，她伸着干柴一样的手说："可怜可怜我这无依无靠的老婆子吧！"

纳西尕儿拿出两张大饼给老太婆，只见她接过大饼狼吞虎咽，几口就吃完了，连声谢谢也没说，扭头就走了。

第二天，纳西尕儿带了四张黑面大饼。到了晌午，他正要吃，昨天那个老太婆又来了。纳西尕儿给了老太婆两张大饼。老太婆几口吃完又伸手要，纳西尕儿忍着饿，把手里的

---

[1] 无常：死。

大饼全给了老太婆。老太婆和昨天一样，吃完就走了。

纳西尕儿回到家，想起山上的那个老太婆无依无靠，实在太可怜，就把家中仅有的黑面烙成十个大饼。第三天晌午，老太婆又来了。没等老太婆伸手，纳西尕儿就把十个大饼都给了她。这回老太婆没有吃，而是在大饼上使劲儿地吐了口痰，然后，狠狠地把大饼扔进深涧。

纳西尕儿很奇怪，不知老太婆今天是怎么啦。他正在发愣，猛听得深涧里发出了巨大的响声，接着一道闪光，飘来一个金光闪闪的小金龟，落在了老太婆手里。老太婆笑着对纳西尕儿说："善良的娃儿，最近这里将有一次大灾难，念你心地善良，我准备搭救你。"老太婆说着把小金龟递给纳西尕儿："你把小金龟带在身上，当小金龟的黄眼睛变成红眼睛的时候，西夏国就要有一次天塌地陷、墙倒屋毁的大灾难。你要马上离开家，到西北边的马莲沟去，那里有一个清水池，池中有莲花，到了那里，就平安无事了。但你要牢牢记住，天机不可泄露，不许告诉任何人，不然，你就会变成一块大石头！"老太婆说罢，转眼不见了。

从这以后，纳西尕儿还照样每天上山砍柴，到镇北堡街上去卖，过了很长时间都平安无事。眼看就要过节了，一天早晨，纳西尕儿忽然看见小金龟眼睛变红了。他知道马上就要大祸临头，急忙收拾了一下，便朝西北方向走去。走着走

阿里和他的白鸽子

着，他突然想起母亲在世时常说的话：不管什么时候都要行善做好事，这是做人的根本。咋办呢？要是告诉了别人，自己马上就会变成一块冷冰冰的大石头……纳西尕儿想来想去，决定还是要把这个不幸的消息告诉众人。于是，他转身朝镇上走去。开始人们不相信这个可怕的消息，都以为他在胡说八道。纳西尕儿非常着急，把见到老太婆的事一五一十地说了一遍，又拿出小金龟让大家看，这时人们才相信了。人们随着纳西尕儿来到莲花池，脚刚站稳，突然一声巨响，纳西尕儿手中的小金龟化作一道金光冲上了天，紧接着天塌地陷，转眼之间，繁华的集镇变成了一片废墟。当惊呆了的人们镇静下来，四处寻找纳西尕儿时，纳西尕儿不见了，只见莲花池旁出现了一块一人高的石头。

后来，人们为了纪念纳西尕儿，在莲花池旁种了许多松树。至今，马莲沟深处的莲花池边，还立着一个跟人一样高的巨石，相传那就是纳西尕儿变的。

徐福江　搜集整理

阿里和他的白鸽子

很早以前，在一个摔死雀儿滚死蛇的山崖上，住着一家姓杨的人家。老两口儿生了三个儿子，老大和老二染上天花死去了，小儿子阿里便成了父母的命系系、心上肉。老两口早晚操劳，省吃俭用，积存了一点儿银子，送阿里到离家十里外的川里上私塾。穷人的娃娃肯用功，这阿里读书日夜下苦，学业天天长进，对师长、父母又十分孝敬，四乡回汉，无不夸赞。

光阴过得真快，转眼间，阿里长成了一个聪明可爱的年轻人，老两口儿越看越欢喜。

有一天，老两口儿向阿里提出了婚姻大事。可这阿里生性古怪，他压根儿不听，弄得父母一点儿办法也没有。

一天，来了个要饭的白头发老阿奶。老两口儿平时最同情这些孤苦伶仃的讨饭人，今天见到这个异样的老阿奶，照例拿了一个大锅盔给了她。讨饭的老阿奶接过锅盔馍馍，见二位施主闷闷不乐的样子，便向前问道："二位老人家面有难色，不知是魔鬼迷住了心，还是得了克财病？"老两口儿引老阿奶到里面坐下，把为儿子娶媳妇的难肠事，一五一十地告诉了她。那老阿奶听了，从袖筒里取出一只活蹦乱跳的白鸽子，不慌不忙地说：

"一对儿骡子一对儿马，
黄河的河沿上站哈，
白鸽子俊得像白纸上的画，
阿里的房子里挂哈。"

老两口儿接过鸽子细看，真是：一身的白毛耀人哩，一对儿大眼睛笑哩。回头再看那老阿奶时，早已不知去向了。阿里在自己的房檐上做了一个窝，叫鸽子住；闲了就喂鸽子，和鸽子玩儿，天天如此，月月如此。

第二年，这一带大旱。全庄子的男女老少死的死，逃的逃。阿里的父母也前后饿死，只丢下阿里一个。一天，阿里下地回来，又乏又饿，一头栽倒在炕上，思念起死去的父母来。想着，想着，阿里呼呼地睡着了。一个时辰过去了，阿里醒来，只觉得一股香气直往鼻孔里钻。阿里睁眼细看，炕桌上摆满了手抓羊肉大米饭，糖饺包子牛肉面，看得直流口水。

"这是睡梦还是真的？"阿里惊呆了，管它三七二十一，吃了再说。他大嚼大咽起来，吃了个干干净净。

第二天，又是这样。

第三天，还是这样。

"是谁给我做饭？谁是我的恩人呢？"阿里决心要弄个水落石出。这天，阿里提早回家，躺在炕上装起瞌睡来，忽听见"噗噜噜"一声响，白鸽子飞了进来，阿里赶紧闭上了眼睛。白鸽子左右看了一会儿，发现阿里睡着了，便脱下她的羽毛外衣。啊！一个如花似玉的仙女，出现在阿里面前。她像这茅屋的主人，一会儿操刀，一会儿擀面，三刀两勺，一桌丰盛的饭菜就做成了。阿里呆呆地看着，等那女子万事已就，刚要伸手取羽衣的时候，他一个鹞子翻身，抢先拿到了羽衣。那女子毫不惊恐，轻声说道："阿哥，我名叫阿西娅，家住太子山上莲花村。太子老母知你为人忠厚，又有学问，叫我下凡相伴终身。"当晚，二人就在茅屋相互拜过，又向双亲坟墓所在的地方拜了三拜，便成亲了。

黄河两岸一绿一黄又过了一年。阿里夫妇男耕女织，恩爱无比，一个火焰焰的家庭眼看又起来了。一天，阿里正在地里干活儿，忽然觉得心慌意乱，手不听使唤，好像要出什么大事似的。他急忙跑回家去，门上无人迎，屋里静悄悄，只见几片白鸽子羽毛胡乱地撒在院里，随风滚动。阿里心急如焚，左寻右找，见墙上工工整整地写着一首诗：

　　白鸽今日遇老鹰，
　　是死是活尚难定；
　　有情找上鹰鸠峰，
　　无义你莫出大门。

　　第二天，阿里背上干粮，锁上房门，一直向鹰鸠峰方向走去。走了不知多少天，他来到一座山前，看见一个老阿爷在山顶上挖了个锅台，安了一口盛满水的大锅；山底下开了个灶火门，正在点火烧水。阿里见了暗想，这老人真傻，火焰离锅十几丈，能烧开吗？他上前问老汉："请问阿爷，你的水哪年哪月才能烧开呀？"老汉笑笑说："天下无难事，只怕有心人嘛。"阿里听了心里一动。忽然，狂风大作，飞沙走石。阿里问老汉："阿爷，夏天为啥刮怪风？"老汉说："你不知道，这鹰鸠峰上的老鹰近日抓来了一个白鸽仙女，制服不了她，正在使性子，每天一次。"阿里听完，大吼一声，飞一样地向山顶跑去。

　　凶恶的狼虫虎豹挡住了阿里的去路。他牢记着烧水老汉的话，只要有心，万事不难。他弄了一百根树杆子，一步一抢，打退了野兽；漫山的黑刺林又挡住了阿里的去路，他牢记着烧水老汉的话，劈一根，走一步，开出了一条路。

有一天，阿里走着，前面传来了叮叮当当的声音。过去一看，原来是一个老阿奶双手拿一根钢扁担，在一块牛大的青石头上磨着。阿里见了诧异，上前问道："阿奶，你在磨啥？"老阿奶答："我家姑娘正缺一根绣花针，我磨一根给她用。"阿里听了哈哈大笑："阿奶，这么粗的东西，几年能磨出个绣花针？"老阿奶说："娃娃，钢梁磨成针，功到自然成。你从家乡到这儿，不也是下了大功夫吗？"阿里听了连声称是，又听老阿奶说："你已经走了三百三十三天，到鹰鸠峰还得走三千三百三十三天，你能走到吗？"阿里生气地说："你的钢梁能磨成针，我一定能走到鹰鸠峰！"说完就走了。

翻过了千座山，趟过了万条河，阿里终于来到了鹰鸠峰前。抬头一看，只见山峰上传来了歌声：

"青枝绿叶山丹花，

石垭巴崖上长哈；

今日想起了从前的话，

清眼泪不由得淌下。"

阿里听得真切，这明明是白鸽子的声音。但只听见声音见不了人啊!他下决心要借来磨针阿奶的钢梁,在石崖上开一条石梯子爬上去。阿里正准备返回去借钢梁,一转身,后面放着一个和那钢梁一模一样大的钢针。阿里高兴坏了,拿了钢针就干起来,干了三个冬天三个夏,换了三个钢针两个把。一天,整整齐齐的石阶梯终于通到了峰顶。阿里打完最后一级阶梯,挂着钢针刚要爬上去,忽然,随着一阵狂风,大鹰直向阿里扑来。阿里沉着应战,举起钢针向大鹰扎去,一股火焰喷起,把大鹰烧成了灰。

阿里昏昏沉沉,等他稍稍清醒,听见了白鸽子的声音:

"黄河干了海干了,
海里的鱼娃儿见了;
不见的人儿可见了,
心里的疙瘩儿散了。"

阿里举目望去,只见那磨针的阿奶领着白鸽子仙女,向阿里满面笑容地走来。老阿奶又领他们踏着彩云,回到老家。原来,老阿奶就是太子老母,她是专门赶来帮助阿里的。从此夫妻团圆,白鸽子仙女阿西娅烧掉了自己的羽毛外衣,实心过起男耕女织、幸福美满的生活。

朱　刚　马福海　搜集整理

圆溜溜的石头

这是很早很早以前的事了。有一座山很高很高，名叫红原岭。山头够着天，山中飘着云，山尾在哪里，谁也不知底。在半山上，有一块平不平、山不山的原。这原说方不方，说圆不圆，上到高山顶，低头向下看，那原像梅花，因此得名梅花原。

这原上有一个庄子，坐落在梅花心儿，名叫花心庄。庄子虽不大，穷富不一样。富的要算尔不都，穷的就数艾利伏。

尔不都家牛羊成群，骆驼成串，吃饭一顿没有肉，尔不都就要皱眉头。夏天穿的是绸衫子，冬天穿的是皮筒子，出门骑的是大骡子，进门坐的是软椅子。这尔不都媳妇心肠狠毒，她笑话穷人没福气，说她家富是上天定夺的，还说"若要我家穷，除非泉水沟的水干石头红"。

这艾利伏家穷得真可怜，三天两头锅挂悬。有个老母亲七十八，七个娃娃一个比一个高一寸，两口子日夜奔忙，可还是吃不饱穿不暖。艾利伏媳妇人心好，她孝敬婆婆疼娃娃，是男人的好帮手。

　　这一年冬天，天气冷得真够狠，青石头都裂了缝，空中连鸟儿都不见飞。尔不都家火炉烧得红，屋子里面热气腾腾，羊肉泡馍刚吃过，两口子又把酽茶喝。尔不都媳妇打了个嗝，扭扭扁嘴把话说："这富人不狠不得富，这冬天不冻不算冬，人都说我是个蝎子心，我这蝎子心就喜欢这辣子天。像那艾利伏媳妇，穷相、穷命、穷骨头，夏天黑黝黝，冬天颤抖抖！"尔不都说："这腊月里的石头寒三分，艾利伏家到底咋过冬？寒窑上安的是篱笆门，娃们穿的是麻袋片。艾利伏扭了脚，媳妇子要不着吃，娃们咋活？真是穷死的贱骨头。人们都说我心肠狠，那都是穷骨头气不服，他们气不服也没办法。"

　　这一天，艾利伏歪脚出了门，媳妇在家当主人。老婆婆今天病得重，娃们饿得嚎断声。这媳妇千方百计都想过，还得向尔不都家去求借，便流着眼泪拿着笼，指望着再去借二升。她进大门战兢兢，进屋门把脸蒙，耳朵里就听见了尔不都媳妇的冷笑声："又要借点儿吗？唉——你们啊！光阴日月咋样过，你还得跟着我来学。你没听人说'借米借面，两家不见'。借我是不借了，但是我看着你可怜，就叫你挣一点儿。我的头上有虱子，你现在开始给我掐，若是赶天黑掐干净，小米子给你挖二升，如果赶天黑头上还有虱子的影儿，不借给你也不要怨旁人。"

这艾利伏媳妇作了难,给人做这样的活计也太下贱。可是婆婆需要热米汤,娃们的肚子没啥装。因此她闭上眼睛点点头,站在炕头动了手。

手掐麻了,眼前花了,天也黑了,尔不都媳妇也睡醒了。只见她摇摇摆摆下了炕,拿起镜子细打量,左看看,右看看,浑身不觉冒出了汗。这头上拾掇得真干净,二升小米子眼看得给人。她忽然心生一计,说待我上回后院来了再细看,便出了屋门在裤腰里摸,摸了半天摸着了一只虱子,心里这阵儿才落实。她又进屋门把镜子拿,装模作样看着看着一声叫:"你没有把虱子都抓了,你还不赶快往回滚,站在这里真气人。"

艾利伏媳妇没法,只好往回走,今天真是把心伤透。她左思右想咋进门呀,就在路边捡了两块圆溜溜的石头裹在前襟。老婆婆见媳妇进了门,对着她的前襟睁眼睛。娃们见妈妈进了门,又哭又叫也来拽前襟。

她推开了娃们,把圆石放进锅,走到灶前把火打着。她流着眼泪烧着火,心想今天这一关咋样过。

柴烧完了,水炼干了,她愁坏了,娃们可等不及了。她想还是死了吧,拿起菜刀在水缸边上刮了刮,菜刀似乎说了话:"揭锅盖呀揭锅盖!"她糊里糊涂地就来到锅前。等锅盖揭开了,她也惊呆了。一看,锅里满满的是好多碗食物,一碗、两碗一直到八碗,最后是一盘。全是肉哇、黄花呀、油香啊,就像尔不都家过年吃的八碗一盘的席。

她高兴了,娃们乐了,婆婆笑了,他们便吃饭。忽然又听到奇怪的声音:"揭锅盖呀揭锅盖!"揭开看看吧。揭开了,只见两块圆石闪着光,像尔不都家的宝葫芦。

从此以后,艾利伏家富了,老的再不受罪,娃们再不挨饿,他媳妇也不再到尔不都家去受气了。

说来也怪,他家富了,尔不都家就穷了。他们穷时还能忍受,尔不都家穷了受不住。东庄子念求吉,西庄子讨拜,法子都想完了,日子却越过越难了。

尔不都媳妇想:艾利伏家富是咋富的,这个方子还没问呢!她便去探问,艾利伏媳妇最老实,就把秘密全告诉了她。

方子问上了,尔不都媳妇高兴了。回家对老汉笑着说:"明儿个黑了吃宴席,后天你再拿着宝葫芦去赶集。牛羊得雇把式放,骆驼得雇长工拉,绸衫子得给我缝新的,丫鬟得给我雇个年轻的。"老汉听了糊里糊涂,她却说你明天等着揭锅盖。

第二天,她也装模作样去借粮,也掐头捻发到后响,粮也没借上,她也哭哭啼啼回了家,路上也捡了两块圆溜溜的石头,回到家就把风箱拉,叫老汉等着揭锅盖。可是等着等着没动静,一个对着锅盖瞪眼睛,一个歪着脑袋侧耳听。突然一声响,锅盖上了房。两人揉揉眼睛赶紧看,两块圆石变成了铁蛋。一个追着尔不都跳,一个追着他媳妇跳。他们跑得慢,铁蛋追得快,一会儿他们跑不动了,铁蛋把他们砸死了。

李宗武　搜集

三块金砖

很久以前有两个种田人，住在泉水河上游的是个胖子，叫木哈买；住在泉水河下游的是个瘦子，叫伊力牙。他俩年龄相仿，心地却大不一样。木哈买贪财奸猾，伊力牙忠厚善良。

这天是个集日，两个人凑钱买了些干粮，便一同进城去了。路上，瘦子背着干粮袋，胖子跟在后边哼着"花儿"。刚走过一段戈壁，胖子就坐在地上嚷着要吃东西。瘦子从干粮袋里倒出三块大饼，就到近处人家要水去了。等他把水要回来，三块大饼只剩一块了。伊力牙埋怨胖子说："你怎么光顾自己？三块饼叫你一下吃了两块……"

胖子用手又指心窝又指天，眼睛睁得老大瞪着伊力牙："明明只有两块，怎么是三块？你别凭空冤枉好人！"

瘦子伊力牙想，两人的事情，他不认账也没办法，还是赶路吧。正要迈腿时，他突然看到不远处有几个发亮的东西，走上前一看，原来是三块金砖。这时，胖子瞪着眼睛也跟了过来。

见到金砖，胖子又打起鬼主意了：三块金砖两人同时发现，怎么分呢？我得多分！可又不好直说，于是问瘦子："喂，尊敬的老弟，我们这三块金砖，你看怎样分呢？"

瘦子有意要弄清少了块大饼的事，就随口答道："这很容易，三块饼子三块金砖。谁吃了几块饼子谁就分几块金砖。"

胖子一听乐了，厚着脸皮笑嘻嘻地说："嘿嘿，不瞒你老弟，是我吃了两块饼子，刚才没敢认，怕你不愿意。"

瘦子心想：这家伙心都黑过尖了，遇上这种人，不要连命都丧在他手里。便没好气地说："金砖我一块也不要，你都拿去吧！"说完，转身就走了。

胖子正求之不得，便厚着脸把金砖抱在了怀里。他看着远去的瘦子心想：傻瓜，真是要饭的命。

胖子背着三块金砖继续往城里走，边走边寻思着，我有了这么多金砖，我要盖上几间大瓦房，还要把泉水河上下游的地都买上，再到城里开个铺子，娶个顶漂亮的媳妇……正想到高兴处抬头一看，眼前就是贼疙瘩梁。他把金砖抱紧，紧张地向四周察看着。这时就见路边的草动了动，蹿出四个人，挡住了他的去路。胖子喊都没喊出声，就被强盗用刀捅死了。

四个强盗得到三块金砖,分赃又吵了起来。其中有个较年长的外号叫马大胆的强盗说:"这样吧,要紧的是先吃饱肚子,金砖等一会儿再分。"于是几个强盗便推出年龄最小的去买馍馍。

趁小强盗买馍馍的当儿,三个强盗每人分得了一块金砖。

谁知小强盗心眼儿更毒。他买了一布袋馍馍,把自己吃的单放着,其余的都撒上了毒药。来到贼疙瘩梁,小强盗把馍馍放在地上,刚要说话,就被马大胆一刀杀了。剩下的三个强盗高高兴兴地吃起馍馍。他们吃着吃着,马大胆先喊了声肚子疼,便倒地死去了。不一会儿,那两个人也口吐白沫、七窍流血死了。就这样,四个强盗先后毙了命。

再说瘦子在前村休息了半个时辰,继续往前走。走了一阵儿,见离贼疙瘩梁不远的地方躺着一个死人,到跟前一看原来是胖子木哈买,再一看不远处还有四个死尸,其中三个手里拿的正是那三块金砖。他吓得惊叫起来,急忙跑到城里,将事情前前后后详细报告给了县官。县官派人验尸后,断定瘦子伊力牙说的是实话,便把三块金砖断给了他。

张　艺　搜集整理